Brigitta Rudolf

Katzenträume

AF189999

Brigitta Rudolf

Katzenträume

Herstellung und Verlag:
BoD – Books on Demand, Norderstedt
ISBN: 978 3 744 83296 0

Bisher von Brigitta Rudolf erschienen:

„Katze für Anfänger"

Eine Liebeserklärung an
Teddy Krallmann, den Kater, der aus dem Tierheim
zu uns kam…
Erschienen April 2014
Books on Demand
ISBN 978 3 735 77431 6

„Jonny Appetito,
ein Kater, wie er im Buche steht"
Jonny und die Autorin erzählen gemeinsam ihre
Geschichte
Erschienen Mai 2015
Books on Demand
ISBN 978 3 734 79132 1

„Pfötchenspuren"
45 Katzen- und Hundegeschichten
Jonny sagt:
Viele Menschen mögen Tiere nicht und jagen uns
fort, oder noch Schlimmeres, aber uns gehört die
Erde genauso wie Euch Menschen; schreibt Euch das
gefälligst mal hinter die Ohren, damit Ihr das auch ja
nicht mehr vergesst!!!
Erschienen November 2015
Books on Demand
ISBN 978 3 739 20428 4

Weihnachten…
…alle Jahre wieder
24 weihnachtliche Geschichten
Erschienen November 2016
Books on Demand
ISBN 978 3 741 28819 7

Kriminelle und andere
Machenschaften
Erschienen Mai 2017
Books on Demand
ISBN 978 3 744 82341 8

Die zauberhaften, Bleistiftzeichnungen, mit denen einige der Geschichten dieses Buches ausgestattet sind, stammen von der leider viel zu früh verstorbenen Künstlerin - Ragna van Felten. Ihr Mann hat mir diese Bilder zur Verfügung gestellt, und mir erlaubt, dazu eigene Texte zu erfinden. Dafür herzlichen Dank!

Ich hoffe sehr, es hätte auch die Malerin gefreut, ihre liebevollen, detailgetreuen und vor allem sehr natürlichen Tierbilder auf diese Weise gewürdigt zu sehen.

Brigitta Rudolf

Inhaltsverzeichnis

Lillepus

Wie ich zu meinem Namen gekommen bin? Na, das ist ganz einfach. Meine Familie hat mich, als kleines Fellbündel, damals in der Nähe ihres Campingplatzes in Dänemark aufgegabelt, die haben da Urlaub gemacht. Ellen hatte sich mit einer kleinen Dänin angefreundet, die hieß Mette, und die beiden Mädchen haben oft miteinander gespielt. Dabei haben sie mich im Gebüsch gefunden.

„Oh, eine Lillepus mit rot getigertem Pelz, ist die aber niedlich! Schau doch mal, im Gesicht ist ihr Fell etwas heller, und am Bauch hat sie auch einen weißen Fleck", rief Mette begeistert. Ellen hat gar nicht erst überlegt, sondern mich gleich geschnappt und auf den Arm genommen, ehe ich überhaupt begriff, wie mir geschah. Ganz fest hat sie mich an sich gedrückt, und dann ist sie mit mir und Mette sofort zu dem Wohnmobil ihrer Eltern zurück gelaufen.

„Mama, Papa, schaut mal, eine kleine Katze, die gebe ich nie mehr her! Wir wollen doch nach dem Urlaub sowieso ins Tierheim fahren, um eine Katze nach Hause zu holen. Bitte lasst mich diese behalten, bitte, bitte, bitte!!!"
Ellens Mama lachte und ging zum Kühlschrank, um ein Stück Schinken für mich herauszuholen und etwas verdünnte Milch, die haben sie mir auch hingestellt. Darüber bin ich gleich hungrig

hergefallen, ich hatte schließlich schon lange nichts mehr zu beißen bekommen. Gekochter Schinken gehört übrigens bis heute zu meinen bevorzugten Leckerbissen, mögt Ihr den auch so gern?

„Mette hat gesagt, das ist eine Lillepus und das bedeutet auf dänisch soviel wie kleine Muschi," plapperte Ellen aufgeregt weiter..

„Ich finde, das ist ein sehr passender Name für eine kleine Katze; möchtest Du Lillepus heißen?", hat mich Ellens Papa gefragt. Na klar wollte ich, im Grunde war es mir völlig egal, wie sie mich nennen würden, Hauptsache ich durfte bleiben! Inzwischen finde ich meinen dänischen Namen sogar sehr schön.

Wir hatten dann, mit Mette zusammen, noch eine schöne Zeit auf dem Campingplatz. Viel zu schnell waren die Ferien vorbei, und Ellen und ihre Familie mussten alles wieder einpacken. Den Grill, die Spielsachen von Ellen und alles was sie von zuhause mitgebracht hatten. Sie und Mette haben ihre Adressen ausgetauscht und wollten sich schreiben. Mette wollte auch gern wissen, sie es ihrer neuen Freundin und mir in Deutschland gehen würde. Ich glaube fast, sie hätte mich auch gern behalten.

Einen kleinen Augenblick lang hatte ich doch Angst, dass sie mich hier zurücklassen würden, aber dann haben sie mich in die große Box gesteckt, in der ich während der Fahrt nach Hause bleiben musste. Das hat mir nicht so gefallen, viel lieber wäre ich auf Ellens Arm geblieben, aber das ging nicht, also habe ich mich damit abgefunden, das war immer noch besser als allein hier zurück bleiben zu müssen. Eigentlich hätte ich es wissen sollen, Ellen und ihre Familie würden mich nie in Stich lassen. Die haben mich nämlich alle lieb und ich sie auch! Es war eine lange Fahrt, und ich bin froh, dass ich einen Großteil davon verschlafen habe. Irgendwann hielt das Wohnmobil an, und ich bin wieder aufgewacht und konnte mir endlich mein neues Zuhause angucken. Das ist ein großes Haus mit einem schönen Garten. Hier gibt es viele hohe Bäume und auch Büsche zum Verstecken – ein ideales Revier also. Bestimmt würde es hier auch viele Mäuse für mich geben, dachte ich. Alles war neu und aufregend für mich, das könnt Ihr Euch sicher vorstellen.

Zwei Tage später wurde ich dann wieder in die doofe Box verfrachtet. Die wollen doch sicher nicht schon wieder weg fahren, überlegte ich. Nein, das wollten sie auch nicht, aber sie sind mit mir zum Tierarzt gefahren. Der hat mich erst mal gründlich auseinander genommen. Hat mich abgetastet und abgehorcht, mir sogar Blut abgezapft, und meine Zähne hat er sich auch ganz genau angesehen. Aber seitdem wissen sie wenigstens, dass ich kerngesund bin. Dann habe ich noch eine Spritze bekommen, damit das auch so bleibt. Eine Impfe ist das, hat er meiner Familie erklärt. Außerdem hat er mir auch noch einen Chip verpasst, der soll helfen mich wiederzufinden, falls ich mich doch mal verlaufe, hat der gesagt - keine Sorge, ich doch nicht! So weit von zuhause laufe ich ganz bestimmt nie fort, dazu gefällt es mir hier viel zu gut!

Alle lieben und verwöhnen mich, spielen mit mir und vor allem ist mein Fressnapf immer gut gefüllt! Einen Kratzbaum im Flur und ein nagelneues Körbchen im Wohnzimmer, das beides haben sie mir auch spendiert. Wirklich großzügig, aber am allerliebsten schlafe ich trotzdem bei Ellen im Bett, ganz fest in ihre Arme gekuschelt. Ihre Mama sieht das nicht so gern, das weiß ich, aber gerade die Dinge die man nicht tun soll, die machen doch am meisten Spaß, oder? Ellens Papa drückt meistens ein Auge zu, wenn er ihr gute Nacht sagen will, und mich dann in ihrem Bett erwischt. Dann erzählt Ellen mir immer noch etwas von dem Teil ihres Tages, an dem wir nicht zusammen sein können. Morgens muss sie nämlich in die Schule, und da kann ich nicht mit. Bevor wir dann einschlafen, schnurre ich ihr noch ins Ohr was ich, so ohne sie, erlebt habe. So wie zum Beispiel die Begegnung mit dem fremden, schwarzen Kater aus der Nachbarschaft, der hat mir nämlich gut gefallen, er ist so ein hübscher Kerl!

Ach ja, Ellen sagt, bald sind Sommerferien, und

dann werden die Koffer gepackt und wir alle fahren wieder in den Urlaub nach Dänemark, auf den großen Campingplatz, auf dem sie mich damals gefunden haben. Vielleicht treffen wir dort ja auch Mette. Ich bin inzwischen tüchtig gewachsen, aber ich denke, sie wird mich trotzdem wiedererkennen, mich, die Lillepus vom letzten Jahr!

Killmausky

Zugegeben, mein Name ist geklaut, das gibt meine Katzenmama unumwunden zu. Da gab es wohl mal einen englischen Film, in dem kam ein Kater mit diesem Namen vor. Der hat ihr so gut gefallen, dass sie mich auch so genannt hat. Tja, diesen Namen, den habe ich nun mal weg, da ist nix mehr dran zu machen. Interessieren würde es mich allerdings schon, ob es – irgendwo – noch einen echten Namensbruder von mir gibt. Falls ja, kann er sich gern bei mir melden, zum Erfahrungsaustausch. Der eigentliche Witz an der Sache ist nämlich der, dass ich alles andere als ein großer Mäusejäger bin! Im Gegenteil, ich finde sie eher putzig, diese kleinen Gesellen. Ich spiele zwar gern mit ihnen, und dabei ist es natürlich auch schon mal vorgekommen, dass ich die eine oder andere regelrecht „totgespielt" habe, aber nie mit böser Absicht, so wahr ich Killmausky heiße! Haben wohl einfach nicht die Nerven für solche Spiele, diese kleinen Biester, aber das ist doch nicht meine Schuld!

Davon abgesehen bin ich ein ganz normaler Kater. Kurzer, gepflegter schwarzer Pelz, grüne Augen und einen langen, eleganten Schwanz. Fressen, schlafen und verdauen, das sind meine liebsten Beschäftigungen. Ach ja, nicht zu vergessen, täglich einen Schnadegang durch mein Revier, das gehört sich natürlich auch für einen Kater wie mich. Meistens passiert hier ja nichts Aufregendes. Ist mir auch lieber so; ich bin eben ein Gemütskater, und dazu stehe ich! Zum Glück lebe ich hier auch in einer ruhigen Wohngegend, und außerdem bin ich hier der einzige Kater, also ohne Gegenspieler. Der Hund, am anderen Ende der Straße, der zählt ja nicht! Wir gehen uns aus dem Weg und damit ist es gut. Was ich allerdings ab und zu vermisse, das ist eine kleine Freundin. Schließlich bin ich ja ein Kater, aber hier ist weit und breit keine Katze für mich in Sicht. Schade! Vielleicht sollte ich meine Katzenmama doch noch mal dazu überreden noch eine, zur Gesellschaft für mich, ins Haus zu holen, aber das kann auch schief gehen. Man weiß ja nie, wen man sich da an Land zieht.

Wirklich ungemütlich werde ich nur, wenn sie mich in den Käfig stecken will, um mit mir zum Tierarzt zu fahren. Das ist jedes Mal ganz schlimm für mich! Der muss mir dann immer eine Spritze geben, damit ich nicht krank werde, so behauptet meine Katzenmama. Quatsch, wieso sollte ich denn krank werden? Doch nicht bei meiner gesunden Lebensweise! Aber sie besteht darauf, dass der Tierarzt mich untersucht und ihr bestätigt, dass mir nichts fehlt. Erst dann ist sie zufrieden. Am Schluss folgt jedes Mal wieder dieser olle Pieks. Na gut, so schlimm es auch wieder nicht, und zuhause kriege ich dann immer ein Leckerli, als Entschädigung für meine ausgestandenen Ängste. Trotzdem, sie soll sich ruhig merken, dass sie nicht alles anstellen kann mit ihrem Killmausky! -

Das war der Stand bis vor einigen Wochen. Neuerdings hat meine liebe Katzenmama nämlich öfter mal keine Zeit für mich und wisst Ihr wieso? Die hat sich doch glatt einen Freund angeschafft. Warum bloß, sie hat doch mich! Jedenfalls ist der vor einigen Tagen mit hierher gekommen. Groß, schlank und er hat genau so schwarze Haare wie ich, also ist sie wenigstens ihrem Typ treu geblieben. Nett schien der mir auch zu sein. Er konnte nicht allzu lange bleiben, weil er tatsächlich zuhause eine Katze hat, die auf ihn wartet, so hat er erzählt. Das fand ich interessant. Die soll er doch mal mitbringen, dachte ich. Wenn sie mir gefällt, dann können wir ja über alles Weitere reden. Ich war wirklich gespannt, wie es nun weitergehen sollte. Meine Katzenmama schien mir immer sehr glücklich, wenn er anrief oder sie sich getroffen hatten. Dann hatte sie immer so ein unverschämtes Leuchten in den Augen. So was fällt einem aufmerksamen Kater wie mir doch auf!

Ja, und dann kam er vor kurzem wieder einmal

zu Besuch und brachte einen großen Tragekorb mit, aus dem leises Miauen ertönte, als er ihn absetzte. Was sagt man dazu? Wie der Blitz bin ich erst mal aus meiner Ecke herausgeschossen, um zu sehen was das zu bedeuten hatte. Behutsam hat meine Katzenmama dann die Tür des Korbes geöffnet, und ich konnte in ein anderes, fremdes Katzengesicht sehen. Ein wunderschönes Gesicht war das. Vorsichtig bin ich erst mal zurückgewichen, damit die fremde Katze aus ihrem Gefängnis herauskommen konnte. Ein Stückchen weiter habe ich mich dann hingesetzt und abgewartet. Alle Katzen sind neugierig, das weiß man ja, aber die weiblichen ganz besonders. Deswegen hat es auch nicht lange gedauert, bis die kleine Madame sich raus getraut hat, aus ihrem Körbchen. Da konnte ich sie dann erst mal richtig in Augenschein nehmen. Bei der großen Katzengöttin, die gefiel mir aber echt gut! Schneeweiß, nur schwarze Pfötchen und eine schwarze Schwanzspitze hatte sie. Dazu einen ganz kleinen, schwarzen Fleck mitten zwischen ihren grünen Augen. Wunderschöne Augen waren das, in die ich da hineinsah. Die wollte ich unbedingt näher kennenlernen, das stand fest! Aber man soll ja nichts überstürzen, und ich wollte sie ja auch nicht gleich wieder verschrecken. Aber ich glaube, sie wollte mich auch genauer unter die Lupe nehmen. Ganz langsam kam sie näher, blieb direkt vor mir stehen und stupste mich liebevoll an, mit ihrer süßen, kleinen Nase. Mann, die war nicht schüchtern, im Gegenteil, die ging ran! Aber das gefiel mir und unseren beiden Menschen auch. Die schauten nämlich zu und lachten darüber.

Das war unsere erste Begegnung, und ich hoffe, sie wird nicht die letzte sein. Vielleicht ziehen unsere Menschen ja mal zusammen, dann sind wir alle nie mehr allein. Ach ja, sie heißt übrigens Arielle, meine Süße!

Kathinka

Lange Zeit hatten Viktor und ich ein wunderbares, ruhiges Leben zusammen. Mein Katzenpapa war immer für mich da, und wir haben viel Zeit miteinander verbracht. Aus diesem Grund war es für mich gar nicht so einfach, als er irgendwann Simone mit nach Hause brachte. Zuerst war ich ziemlich eifersüchtig auf dieses andere weibliche Wesen in seinem Leben. Aber die Simone war mir deswegen nicht böse, sondern hat von Anfang an versucht, sich mit mir gut zu stellen, damit ich mich nicht zurückgesetzt fühlen musste. Sie hat mir oft meine Lieblingsleckerlis mitgebracht, meinen schönen, gepflegten, dunkelgrau und schwarz getigerten Pelz bewundert, und im Schlafzimmer durfte ich auch bleiben. Dadurch habe ich mich auch schnell an sie gewöhnt, und als sie dann ganz bei uns eingezogen ist, fand ich das gar nicht so schlecht. Wir haben oft zu dritt auf dem Sofa im Wohnzimmer gekuschelt und dabei einen Film angesehen. Wir waren alle zusammen sehr glücklich, warum konnte das nicht so bleiben?

Eigentlich weiß ich gar nicht genau wann das angefangen hat, aber in letzter Zeit streiten sich meine Katzeneltern immer öfter. Mal ist er böse, mal schmollt auch sie, und ich stehe immer dazwischen – ich habe doch beide sehr lieb! Gestern hat Simone sogar davon gesprochen wieder auszuziehen, und das Allerschlimmste dabei ist, dass sie mich mitnehmen will, stellt Euch das bloß vor!

„Du hast doch ohnehin viel zu wenig Zeit für Kathinka, seitdem Du diesen neuen Job hast", hat sie Viktor vorgeworfen. Das stimmt, in den letzten Wochen war er viel seltener zuhause als früher. Er ist sogar ab und zu über Nacht weggeblieben, das hat er sonst nie getan. Deshalb habe ich mich auch enger an Simone angeschlossen, die hat immer Zeit für mich. Sicher fühlte sie sich von Viktor oft auch allein gelassen.

„Bei mir hätte Kathinka es viel besser!", trumpfte Simone zum guten Schluss noch auf. Aber das kann ich mir gar nicht vorstellen, ein Leben so ganz ohne meinen lieben Katzenpapa. Da musste ich mir dringend etwas einfallen lassen, damit sich die beiden wieder vertrugen, aber was nur?

Am kommenden Wochenende hatten Viktor und Simone ihre Freunde Katja und Ben zu einem Grillfest in unserem Garten eingeladen. Ich habe auch mein Teil davon abgekriegt, nämlich ein Stück von dem leckeren Fisch – danke Viktor! Dann fing es in der Ferne an zu grummeln und ich wusste gleich, da ist ein Gewitter im

Anmarsch, aber das kam viel schneller als erwartet. Während meine Leute blitzschnell die Sachen ins Haus trugen, bevor es zu regnen begann, bin ich schon los geflitzt. In meiner Panik einfach kopflos weggerannt, egal wohin, ich hasse Gewitter!

Leider hatte ich das Pech, an einer Baustelle, zwei Straßen weiter, in eine tiefe Baugrube zu stürzen. Auch als das blöde Gewitter vorbei war, konnte ich mich allein nicht daraus befreien. Da saß ich nun pitschnass, schon wieder hungrig und mutterseelenallein in diesem doofen Loch. Ob Viktor und Simone mich wohl vermissen und suchen würden?

Endlich, nach langem Warten hörte ich das vertraute Klappern meiner Futterdose und sie riefen beide nach mir.

„Hier bin ich, Hilfe!", miaute ich. Aber das haben sie gar nicht gehört, weil sie wohl noch zu weit weg waren. Dann kam das Klappergeräusch näher, und ich hörte sie auch wieder meinen Namen rufen. Da habe ich mich dann doch noch einmal aufgerafft, und so laut ich nur konnte miaut, und siehe da, das haben sie gehört, denn kurz darauf tauchte Simone`s Gesicht über mir auf.

„Viktor, komm schnell, ich habe Kathinka gefunden. Sie ist in die Baugrube gefallen, Du musst mir helfen sie da rauszuholen", rief Simone aufgeregt, und sofort kam auch mein Katzenpapa angerannt um mich zu retten.

„Kathinka, meine Kleine, was machst Du nur für Sachen? Hast Du Dir weh getan? Warte, gleich hole ich Dich rauf", versuchte er mich zu beruhigen, während er vorsichtig zu mir in die Grube kletterte. Dann saßen wir beide drin, und ohne Simones tatkräftige Hilfe wären wir da auch bestimmt nicht so schnell wieder raus gekommen.

„Sie ist ja ganz nass und zittert, lass uns bloß schnell nach Hause laufen, sonst wird sie uns noch krank", drängte Simone.

„Ach was, um mich machst Du Dir keine Sorgen? Ich bin auch nass, durchgefroren und schmutzig obendrein", maulte Viktor, aber es klang nicht wirklich böse.

„Du kriegst zuhause ein heißes Bad, wenn Du willst auch einen Grog, und saubere Klamotten hast Du im Schrank. Kathinka müssen wir erst mal vorsichtig trocken rubbeln, aber den Rest macht sie sicher lieber allein", hörte ich Simone sagen. Gute Idee, dachte ich, und genauso haben wir es dann auch gemacht.

„Weißt Du, ich habe mir überlegt, ich suche mir auch in Deiner Nähe einen Job, dann können wir wieder mehr Zeit zusammen verbringen, wir gehören doch zusammen, wir drei!", das hat

Simone vorgeschlagen, als wir später alle wieder trocken und sauber waren. Na also, das war doch ein Wort! Viktor schien das auch zu finden, denn er lächelte und nahm Simone in die Arme.

Also hat mein Weglaufen doch etwas Gutes bewirkt, darüber bin ich richtig froh! Deshalb kann ich mich ja jetzt beruhigt meinem Schönheitsschlaf hingeben, ich bin sooo müde von meinem unfreiwilligen Abenteuer. Also, eine gute Nacht wünscht Euch allen

Eure Kathinka

Annie

Mein Zuhause ist ein großer, alter Bauernhof mit vielen Tieren. Kühe, Schweine und Hühner haben wir auch. Früher sogar mal Pferde, aber das war vor meiner Zeit, als es noch nicht so viele landwirtschaftliche Maschinen gab, die den Menschen die Arbeit erleichtern. Dabei mussten damals die Pferde helfen. Die Bauernfamilie hat immer viel zu tun, deshalb sind wir hier auf dem Hof auch längst nicht so verwöhnt wie die anderen Haustiere, die in der Stadt leben. Aber Pascha, das ist unser Hofhund und ich, wir kennen das ja nicht anders und finden das in Ordnung so. Dieses Leben hat mich schon sehr früh ziemlich selbstständig werden lassen, denn als ich hier auf den Hof kam, da musste ich mich von Anfang an selbst versorgen. Nur ab und zu stellt mir die Bäuerin ein Schälchen Milch hin, ansonsten muss ich sehen wie ich satt werde. Mäuse gibt's hier auf jeden Fall genug, und mich um die zu kümmern, das ist ja meine Aufgabe. Ins Haus komme ich ohnehin nur selten, meistens schlafe ich auch im Stall.

Mit meinem Pascha, das ist nämlich ein „spitzverdackelter Mischling", wie unser Bauer scherzhaft sagt, verbindet mich eine tiefe Freundschaft. Er hat sich gleich um mich gekümmert, als ich hierher gekommen bin.

Pascha muss aufpassen, dass keine Fremden unangemeldet den Hof betreten. Es kommen ja nicht nur nette Leute, meint die Bäuerin und auch, dass die Zeiten früher anders und viel besser waren. Mag sein, darüber weiß ich nix – ich lebe jetzt und hier!

Jedenfalls hatte ich mal eine ziemlich kurze Begegnung mit dem roten Kater vom Nachbarhof, und die ist nicht ohne Folgen geblieben, was ja zu erwarten war. Ich bin trächtig geworden, und als ich merkte, dass es soweit war, bin ich zu meinem Freund Pascha in den Zwinger gegangen. Am Tag läuft er frei auf dem Hof, so wie ich auch, aber nachts schläft er dort. Pascha war sofort sehr besorgt um mich, aber helfen konnte er mir bei der Geburt natürlich auch nicht. Das habe ich ganz allein geschafft! Immerhin fünf Jungen habe ich in dieser Nacht das Leben geschenkt! Zwei kleine Kater und drei Katzen waren es; und zum Glück alle gesund, wie es aussah. Zwei von ihnen waren getigert, eines hatte einen roten Pelz und zwei waren bunt gescheckt. Die hatten sogar drei Farben, schwarz, weiß und braun. Putzig waren sie, meine Kleinen und ich war sehr stolz auf sie!

Aber ihr Patenonkel, der Pascha erst; der freute sich mindestens so sehr wie ich selbst über meinen Nachwuchs. Der wollte unbedingt, dass die Bauernfamilie gleich sehen sollte, was ich für wunderschöne Babys gekriegt hatte. Deshalb hat er, schon kurz nach ihrer Geburt, eines nach dem anderen ganz vorsichtig in seine große Schnauze genommen, um sie direkt vor der Haustür abzulegen. Dort konnte sie die Bäuerin am nächsten Morgen als Allererstes ansehen, noch bevor sie in den Stall ging, um die anderen Tiere zu füttern. Ich war noch viel zu erschöpft, um zu protestieren oder ihn daran zu hindern. Zum Glück haben sich aber alle in der Familie gefreut! In den nächsten Wochen habe ich sogar regelmäßig Zusatzfutter bekommen, damit ich mehr Zeit hatte, mich um meine Kleinen zu kümmern. Das war auch gut so, denn sobald sie die Augen offen hatten, musste ich ziemlich aufpassen. Auch dabei hat mir Pascha oft geholfen! Ich habe die Kleinen von Anfang an zur Selbstständigkeit erzogen, damit sie später, auch ohne mich, gut durch ihr Katzenleben kommen sollen, und ich denke, das hat auch geklappt. Als sie alt genug waren, ist eines nach dem anderen weggegangen, aber unsere Bäuerin hat dafür gesorgt, dass sie alle ein gutes Zuhause bekommen haben. Trotzdem, vergessen werde ich alle meine Babys nie, egal wie viele ich noch bekommen werde!

Henry

Eigentlich bin ich sogar „Sir Henry von und zu Wolkenstein", denn so steht es im meinem offiziellen Stammbaum. Mein Vater war „Harro von und zu Wolkenstein", und meine Mutter die seinerzeit berühmte „Gundula von Rattenfang". Meine Eltern entstammen alle beide uralten Hundegeschlechtern, und unser Stammbaum ist umfangreicher als der meiner Menschenfamilie. Deshalb gibt es nicht nur von den Vorfahren des Fürsten eine Ahnengalerie, sondern auch von den Hunden der Familie. Alle sagen, ich wäre das Ebenbild meiner Mutter, so sind unsere Portraits, die nebeneinander hängen, fast identisch. Deshalb habe ich, als Gentleman alter Schule, hier ihrem Bild den Vortritt gelassen - war sie nicht eine wahre Schönheit? Wir alle wohnen seit Generationen in diesem schönen, großen Schloss zusammen.

„Ein zugiger, alter Kasten, der uns zudem ein Vermögen kostet ihn zu erhalten", so nennt mein Herrchen unser Zuhause. Deshalb schleust er am Wochenende immer Touristen durch die noch erhaltenen Prunkräume. Die bewundern dann gebührend das schwere, sehr alte Mobiliar, die mottenzerfressenen Vorhänge, die Familienbilder in der Ahnengalerie, das Silber und natürlich die Porzellansammlung seiner Vorfahren.

Und alle zahlen gut dafür, dass sie sich diesen Teil des Hauses überhaupt anschauen dürfen. Wir bewohnen im Schloss ja nur einen Flügel, der ist allerdings privat, da dürfen die Fremden nicht rein. Etwas anderes ist das mit dem Schlosspark, der ist an allen Tagen öffentlich zugänglich, weil unser Zuhause mitten im Ort liegt. Zwar sind Park und Schloss von einer hohen Mauer umgeben, aber das große Tor steht immer offen, deshalb sind fast immer Menschen in unserem Garten, und ich treffe dort auch viele Hunde, wenn ich raus darf. Einige von denen kommen ziemlich regelmäßig hierher. Natürlich gehe ich immer brav an der Leine, und nur mit Frauchen oder Herrchen zusammen, man muss ja schließlich mit gutem Beispiel vorangehen. Außerdem weiß ich doch genau, was ich dem exzellenten Ruf meiner Familie schuldig bin! Im Park stehen viele alte und hohe Bäume, da kann ich mir jeden Tag einen anderen aussuchen, um daran mein Geschäft zu verrichten oder eine Nachricht für meine anderen Hundekumpel zu hinterlassen. Man muss seine Kontakte doch pflegen, und schließlich sind Beziehungen das A und O im Leben, so sagt Herrchen immer!

Weil mein eigentlicher Name viel zu lang ist, werde ich Henry gerufen, und das reicht völlig. Herrchen und Frauchen lassen sich im Alltag ja auch nicht mit ihrem Titel anreden, nur, wenn es mal hochoffiziell wird. Ach ja, das hatte ich ja noch gar nicht erwähnt, ich bin natürlich ein reinrassiger Basset, mit ziemlich langen, dunkelbraunen Schlappohren und hellem, seidigen Fell, mit braunen und schwarzen Flecken darin. Außerdem habe ich auch große melancholische „Triefaugen", wie mein Frauchen es ausdrückt. Das hat unsere Rasse eben so an sich. Gutmütig und kinderlieb bin ich natürlich auch. Bei uns Rassehunden, mit edlem Stammbaum, kommt es auch sehr auf den Charakter an, so sagt Frauchen, vor allem, wenn man die Familienlinie weiterführen soll. Das ist bei uns eine Tradition, schon seit vielen Generationen. Deshalb darf ich ab und zu sogar immer noch die eine oder andere Hündin beglücken. Bei weitem nicht mehr so oft wie früher, weil ich inzwischen ja nicht mehr der Jüngste bin, aber es macht mir immer noch Spaß! Außerdem müssen sie ja auch passende Partnerinnen für mich finden, denn für die Zucht kommt längst nicht jede Hundedame in Frage. Ich denke aber, ich habe schon sehr oft meine Pflicht getan, damit es auf jeden Fall genug Abkömmlinge von mir gibt. Die von und zu Wolkensteins sterben also noch lange nicht aus, und das ist gut so!

Wir gehen auch immer noch zu Ausstellungen. Da treffen sich ganz viele Hunde, manchmal auch welche verschiedener Rassen. Wir alle werden vorher so lange gebürstet, bis unser Fell glänzt, unsere Krallen werden gesäubert und notfalls gestutzt, und überhaupt unternehmen unsere Menschen an solchen Tagen alles, um ihre Lieblinge in einem ganz besonders hellen Licht erstrahlen zu lassen. Alle wollen natürlich die begehrte Siegesschleife mit nach Hause nehmen, weil das unseren Wert, vor allem zur Zucht, beträchtlich erhöht. Einige Male ist mir das auch gelungen, und Frauchen und Herrchen waren ganz stolz auf mich, und haben mich sehr dafür gelobt! War ja auch ein schönes Gefühl, aber das ganze Theater bis es endlich soweit ist, das mag ich gar nicht! An solchen Tagen sind alle immer ganz aufgedreht, und es geht überall laut und hektisch zu. Dann muss ich für den Transport zu den Ausstellungsorten immer in die blöde Hundebox, und wenn wir endlich dort angekommen sind, dann darf ich noch lange nicht raus, sondern muss mich erst mal wieder schön machen und von der Jury begutachten lassen. Ab und zu müssen wir sogar zeigen wie gut wir gehorchen können und noch einiges mehr. Ich bin jedenfalls immer froh, wenn der ganze Spuk wieder vorbei ist, und es endlich wieder nach Hause geht. Dieses Spektakel mag für die Menschen ja wichtig sein, wir Hunde brauchen diese Bestätigung ganz sicher nicht!

Im Gegenteil, manchmal wünschte ich mir sogar, ich hätte keinen edlen Stammbaum, den ich repräsentieren und verteidigen muss! Aber, wenn man von Adel ist, dann hat man eben so seine Pflichten, sagt Frauchen, und Herrchen nickt dazu, also wird es wohl stimmen, denke ich.

Fred Kasulzke

So steht es neben der Haustür, auf dem zweiten Klingelschild, gleich neben dem Namen von Katrin. Das ist meine liebe Katzenmom, die hat sich das ausgedacht! Gerufen werde ich von ihr aber Freddy, das klingt liebevoller meint sie! Aber in meinem Impfpass, den der Tierarzt ausgestellt hat, da steht mein voller Name drin. So heiße ich schließlich offiziell, und Ordnung muss sein, sagt meine Katrin immer. Ich finde es klasse, einen Vor- und Zunamen zu haben, genau wie die Menschen. Wir Tiere gehören doch auch zur Familie, denke ich. Das meint Katrin auch, und deswegen habe ich auch an unserer Tür ein eigenes Namensschild erhalten, gleich nachdem ich bei ihr eingezogen bin, so war das. Konnten ruhig alle wissen, dass Katrin wieder einen neuen Freund hat, nachdem der doofe Benno sie in Stich gelassen hat, der Feigling! Dem sollte sie keine Träne nachweinen, finde ich. Sie hat doch jetzt mich!

Jedenfalls hat irgendjemand mein Schild an der Haustür wohl falsch verstanden. Wer das war? Keine Ahnung! Unser netter Briefträger schwört jedenfalls, dass er es nicht war, der sich darüber aufgeregt hat. Außerdem hat er mich schon häufiger gesehen, und wir beide freuen uns immer, wenn wir uns treffen. Ich besonders, denn er hat ab und zu sogar ein kleines Leckerli für mich dabei, und das holt er dann aus seiner Hosentasche. Nee, nee, der ist schon in Ordnung und ein lieber Kerl, denke ich.

Vielleicht war es die alte Ziege von gegenüber, die ist immer sooo neugierig, und sie mag keine Tiere, sagt Katrin. Oder vielleicht auch der unfreundliche Kerl, den sie gleich nach Benno´s Abgang hat abblitzen lassen. War einfach nicht ihr Typ, das hat er ihr vielleicht übel genommen. Könnte doch sein. Wer weiß - jedenfalls haben wir durch diesen Spaß mit meinem Namenszettel an der Haustür echt Ärger gekriegt.
Vor einigen Tagen brachte uns der nette Postbote nämlich einen ziemlich amtlich aussehenden Brief. Dieses Mal hatte er nicht einmal, wie sonst üblich, die fürchterlich vielen, bunten Reklameprospekte dabei. Nur diesen Brief, sonst nichts.

„Der kommt ja vom Einwohnermeldeamt, was wollen die denn von uns?", fragte sich meine Katzenmom mit gerunzelter Stirn. Darüber konnte ich ihr natürlich keine Auskunft geben. Dann hat sie sich erst einmal einen starken Tee aufgebrüht und den Brief geöffnet. Ich habe ihr dabei gespannt zugesehen. Plötzlich fing sie laut an zu lachen, und konnte sich so schnell gar nicht wieder beruhigen. Ich war aber ziemlich erleichtert, weil sie so fröhlich war. Wenn sie lacht, dann bin ich auch zufrieden! Nachdem Katrin sich einen Moment später die Lachtränen aus den Augen gewischt hatte, nahm sie mich auf den Arm und hat mir die Sache erklärt. Da hatte sich doch glatt einer im Rathaus gemeldet, weil er oder sie dachte, Katrin hätte einen neuen Mitbewohner als Untermieter, und der wäre nicht angemeldet. Stimmt ja auch, ich bin hier eingezogen, aber für uns Katzen gibt es ja keine Meldepflicht. Nur für Menschen und Hunde – wegen der Steuer, sagt Katrin. Katzen dürfen zum Glück noch überall umsonst aufgenommen werden. Vielleicht sind wir deshalb so beliebt, denn in deutschen Haushalten gibt es viel mehr Katzen als Hunde.

Egal, Katrin wusste jedenfalls, dass sie auf dieses Schreiben unbedingt reagieren musste. Also hat sie mich am Nachmittag kurzerhand in ihre große Einkaufstasche gepackt, und wir sind in die Stadt gefahren, um uns im Rathaus zu melden. An der Pforte hat Katrin den Brief erst mal vorgezeigt und gefragt, wohin wir damit gehen sollten. Dann sind wir zwei Treppen hoch gestiegen und noch einen langen Flur entlang gelaufen, bis wir vor der richtigen Tür standen.
„Hier muss es sein, Freddy", hat meine Katzenmom zu mir gesagt und angeklopft. Von drinnen hörten wir eine Stimme, die uns erlaubte

rein zu kommen. Ich habe die ganze Zeit ganz ruhig in ihrer Tasche gesessen, nur mein kleiner Kopf, der durfte raus gucken. Eine richtige Katzenbox habe ich natürlich auch, aber wir finden es beide viel bequemer, die große Tasche zu nehmen, Katrin und ich. Solange ich noch so klein bin jedenfalls. Dann sind wir in das Zimmer marschiert, und der Mann hinter dem Schreibtisch wollte wissen, was wir von ihm wollten. Besonders nett fand ich ihn anfangs nicht, ehrlich gesagt. Vielleicht hatten wir ihn bei etwas Wichtigem gestört; zum Beispiel bei einem Telefonat mit seiner Freundin oder so.

„Ich bin hier, um Ihnen meinen Untermieter vorzustellen", hat Katrin gesagt, und die Tasche mitten auf den Schreibtisch gestellt, dem unfreundlichen Kerl direkt vor die Nase.

„Was soll denn das? Sie haben ja eine Katze dabei. Schaffen Sie sofort dieses Tier hier raus – ich bin allergisch gegen Katzenhaare!", bellte der Beamte gleich los.

„Das ist Fred Kasulzke. Sie wollten doch wissen, wer mein neuer Mitbewohner ist, und hier ist er", hat Katrin ironisch geantwortet. Dann hat sie den Brief aus der Tasche gezogen und ihm dem Mann gezeigt. Der kriegte ganz große Augen und wurde knallrot. Bestimmt fühlte er sich veralbert von meiner Katzenmom. Ja, und dann wollte der Beamte natürlich noch wissen, warum denn mein Name mit an der Haustür steht. Ich wäre doch bloß eine Katze, hat er dann auch noch gesagt. Da ist meine Katrin aber richtig böse geworden!

„Mein Freddy ist eine Persönlichkeit und keine Sache, merken Sie sich das!", hat sie ihn zurechtgewiesen. Stimmt ja auch!

Dann hat sie ihm noch mal ganz ernsthaft versichert, dass ich wirklich Fred Kasulzke bin. Da musste der Beamte doch grinsen und war plötzlich wie umgewandelt. Er fand die ganze Aufregung allerdings ziemlich albern, und da konnte Katrin ihm nicht widersprechen. Ich natürlich sowieso nicht. Im Gegenteil, ich war richtig stolz auf meine tolle Katzenmom! Die hat wirklich Mut bewiesen, sich sogar mit einer Behörde anlegen zu wollen, noch dazu meinetwegen.

„Vergessen Sie den Brief, die Sache ist erledigt", meinte der Mann zum Schluss. Aber wer uns da im Rathaus angeschwärzt hat, mit dieser Information ist er leider nicht raus gerückt. Durfte er angeblich nicht, hat er gemeint.

„Ist letztlich auch egal", hat Katrin dazu gesagt, und auch, dass mein Namensschild an der Klingel auf jeden Fall dran bleibt. Wer weiß, vielleicht kriege ich ja doch mal Post – ich Fred Kasulzke. Ihr, als Tierfreunde, dürfte mich natürlich auch Freddy nennen!

Charlize

Mein Name ist Charlize, und ich bin eine Künstlerkatze - ehrlich! Ich lebe nämlich mit meiner Katzenmama Yvette und ihrem Mann Arne zusammen. Yvette ist eine Kunstmalerin, und ihre Bilder sind sehr begehrt. Auf dem Festland gibt es eine Galerie, in der ständig einige ihrer Bilder ausgestellt sind. Auch die Kalender und die schönen Kunstkarten, mit den ausgewählten Blumenmotiven die sie entworfen hat, kann man da kaufen. Yvette kommt ursprünglich aus einem Land, das Frankreich heißt, und deshalb hat sie mir auch einen französischen Namen gegeben.

Arne, mein Katzenpapa, wiederum ist ein waschechtes Nordlicht und hier auf unserer kleinen Hallig geboren. Wir leben in seinem Elternhaus. Das ist ein gemütliches, altes, reetgedecktes Fachwerkhaus, mit einem großen Garten drum herum. Ach ja, das mit der Hallig muss ich sicher einigen von Euch erklären. Eine Hallig nennt man eine kleine Insel, mitten in dem großen Meer, auf der nur wenige Menschen leben. Unsere Hallig ist besonders winzig, es stehen nur zwei Häuser darauf. Vielen Leuten wäre das sicher viel zu einsam – uns nicht! Im Gegenteil, wir schätzen unsere Ruhe! Ich war noch ganz klein, als ich hierher gekommen bin, daher kenne ich es ohnehin nicht anders. Arne ist ja hier geboren, aber er hat eine Weile in Frankreich gelebt, und da hat er auch Yvette getroffen. Für sie war es bestimmt eine große Umstellung mit Arne hierher zu kommen. Aber sie liebt unsere kleine Welt sehr, wie sie sagt. Arne und mich liebt sie natürlich auch – na bitte!

Außerdem, so einsam wie Ihr vielleicht denkt, ist es gar nicht. Zwei mal pro Woche kommt der Postbote mit seinem Boot angetuckert. Er bringt die Briefe und Pakete für uns und unsere Nachbarn mit. Außerdem kommen im Sommer öfter Touristen auf die Hallig, weil sie sich hier alle Bilder von Yvette anschauen können. Ab und zu verkauft sie davon auch eines. Das ist gut so, denn inzwischen ist fast das ganze Haus damit zugepflastert. In jedem Zimmer sind so viele Bilder aufgehängt, dass man von den Wänden kaum noch etwas sehen kann, weil sie sehr fleißig ist, meine liebe Katzenmama. Überwiegend malt sie hübsche Landschafts- und Blumenaquarelle und natürlich immer wieder mich. Sie behauptet sogar, ich sei ihr liebstes Motiv. Ihre Bilder sind alle recht farbenfroh, und ich bin ihr Kontrapunkt, wie sie meint. Mein Pelz ist nämlich weiß, wie frisch gefallener Schnee. Nur außen an den Ohren, da habe ich dunkleres, fast schwarzes Fell, das nach innen wieder gräulicher wird. Dunkle Barthaare und

Brauen habe ich auch, und durch eine Laune der Natur, sind meine Augen strahlend blau wie der Sommerhimmel, das wiederum hat Arne gesagt. Er ist nämlich auch ein Künstler, aber er malt nicht, sondern denkt sich Geschichten aus. Er schreibt sogar ganz dicke Bücher. Deshalb sitzt er meistens in seinem Zimmer und will nicht gestört werden. Ab und zu liest er uns abends vor dem prasselnden Kaminfeuer dann vor, was er tagsüber geschrieben hat.

Yvette sitzt im Sommer oft im Garten und malt, und dabei vergisst sie alles andere um sich herum. Es kann sogar vorkommen, dass sie nicht einmal daran denkt meinen Futternapf frisch zu füllen, und wenn ich Hunger habe, muss ich sie daran erinnern. Unser großer Garten ist der allerschönste, den ich mir vorstellen kann, denn Yvette hat ihn in ein wahres Blütenmeer verwandelt. Damit ihr die Blumenmotive nicht ausgehen, wie sie sagt. Wenn Touristen kommen, dann bewundern sie meistens nicht nur ihre Bilder, sondern auch das romantische, alte Haus und natürlich den Blumengarten. Spätestens dann, wenn ich auch noch auftauche, werden die Fotoapparate gezückt, und dann wird geknipst was das Zeug hält.
„Schau mal, die Kleine, wie niedlich!"
„How lovely, what a tiny cat!"
Solche und ähnliche Kommentare hören wir

ganz oft, und Yvette strahlt dann immer vor Stolz!

Unsere Nachbarn, Jette und Hanno, haben mehrere Gästezimmer, die sie öfter vermieten. Manche Leute finden es nämlich bei uns so schön, dass sie für einige Tage hier bleiben möchten, dann können sie sich da einquartieren. Cafés und Geschäfte gibt es hier natürlich nicht, aber einen kleinen Strand und vor allem ganz viel Ruhe. Gerade die fehlt heutzutage ja vielen Menschen in ihrem alltäglichen Leben, wie Arne immer wieder feststellt. Deshalb ist er froh, hier sein Refugium zu haben. Vor allem im Herbst und Winter, wenn die Stürme unsere kleine Hallig umtosen, dann ist es urgemütlich hier.

Überhaupt ist es für uns der schönste Ort auf der ganzen Welt!

Arne und Yvette haben, im Gegensatz zu mir, schon einen großen Teil der Welt gesehen. Ich komme höchstens mal bis aufs Festland, aber nur, wenn sie einmal im Jahr mit mir zum Tierarzt gehen; und auch darauf könnte ich getrost verzichten! Aber im letzten Sommer, da wäre ich um ein Barthaar entführt worden. Wenn das geklappt hätte, wer weiß, ob ich dann meine Familie und die Hallig jemals wiedergesehen hätte. Zum Glück hat Niels, der Inhaber des kleinen Bootes, der immer die Besucher zu uns bringt, das im letzten Moment noch verhindern können.

Da war eine Familie mit ihrer kleinen Tochter für einige Tage hier zu Gast. Die haben zwar bei Jette und Hanno gewohnt, aber zu uns sind sie auch gekommen, um sich die Bilder von Yvette anzuschauen. Das kleine Mädchen, Ida hieß sie, wollte gern mit mir spielen, und das fand ich ja auch in Ordnung. Auch an dem Tag, an dem sie abreisen wollten, habe ich Ida noch mal getroffen. Sie hatte ihren kleinen Rucksack dabei, und die anderen Gepäckstücke ihrer Eltern standen abholbereit vor dem Haus. Ida´s Eltern waren noch mal rein gegangen, um sich von Jette und Hanno zu verabschieden. Ehe ich mich versah, hatte Ida mich schon gepackt und in den Rucksack gestopft. Da drinnen war es ganz dunkel, und ich hatte Angst. Vor lauter Schreck war ich wie gelähmt, aber ich wollte unbedingt wieder raus! Dann spürte ich, wie Ida sich den Rucksack über ihre Schultern hängte und losmarschieren wollte. Inzwischen war Niels mit seinem Boot angekommen, das Geräusch seines Motors kenne ich nämlich gut. Er machte sich daran die Reisetaschen einzuladen, und als ich seine vertraute Stimme hörte, habe ich all meinen Mut zusammengenommen, und so laut ich nur konnte um Hilfe miaut.

„Pst, sei still, Du willst doch mit!", flüsterte Ida leise. Aber das wollte ich doch gar nicht, wie kam sie nur darauf? Da musste sie etwas gründlich missverstanden haben! Zum Glück hat Niels gute Ohren. Außer mir gibt es momentan keine weitere Katze auf der Hallig, nur Amigo, den Hund von Hanno und Jette.

„Ist Charlize hier? Die darf aber nicht mit ins Boot", hörte ich Niels sagen.

„Nö, hier ist sie nicht", sagte Ida ziemlich laut, sicher um meine Hilferufe zu übertönen. Aber ihre Eltern hatten mich auch gehört, und Ida musste den Rucksack noch einmal abnehmen und aufmachen. Das war meine Rettung! Wie ein geölter Blitz bin ich herausgeschossen und gleich nach Hause gerannt.

„Was ist das denn, wie kommt Charlize denn

...?", das waren die letzten Worte, die ich noch mitgekriegt habe. Kurz darauf hörte ich das Boot endlich abfahren, zum Glück! Vor lauter Angst und Schrecken habe ich mich erst mal hinter einem blühenden, breiten Busch im Garten versteckt. Das ist im Sommer einer meiner Lieblingsplätze. Dann habe ich eine Runde geschlafen, und danach fühlte ich mich endlich besser.

Als Niels einige Tage später wieder mit neuen Touristen zu uns kam, hat er Yvette von diesem Vorfall erzählt, und die war natürlich darüber auch ganz furchtbar erschrocken. Seitdem passt sie immer gut auf, wenn Fremde da sind. Leckerlis darf ich von anderen Leuten gar nicht mehr annehmen. Das hat sie mir eingeschärft, aber das war eigentlich gar nicht nötig. Nach diesem Vorfall bin ich ohnehin sehr ängstlich geworden, und gehe den Besuchern meistens freiwillig aus dem Weg. Die sollen sich lieber ein Bild von mir mitnehmen oder eine Postkarte kaufen.

„Das Original Charlize ist nicht zu verkaufen. Die geben wir nicht her – um keinen Preis der Welt!", das sagen Arne und Yvette allen, die es hören wollen!

Lumpi

Lange Zeit war ich ein Streuner, nicht freiwillig, sondern, weil mich bis dahin niemand haben wollte. Ich bin eine „echte Straßenmischung", so hat mich mal jemand bezeichnet. Der hat mich eine Zeitlang gefüttert, so lange er auf seiner Pilgerreise war. Wir waren Freunde, dachte ich jedenfalls. Ich bin immer mit ihm mitgelaufen, weil ich gehofft hatte, er nimmt mich mit nach Hause, aber das hat er dann doch nicht getan. Er hat mich nicht nur hier gelassen, sondern hat sich noch nicht einmal von mir verabschiedet. War eines Tages einfach fort, da war ich sehr traurig und habe versucht ihn wiederzufinden, aber ohne Erfolg. Sicher hat er mich längst vergessen – leider!

Aber dann kam eines Tages meine Freundin Nadja und alles wurde anders. Jetzt ist es viel besser und schöner, als ich es mir je erträumt hatte, aber bis dahin war es buchstäblich ein sehr langer und weiter Weg für uns beide. In meiner ursprünglichen Heimat gibt es nämlich einen Wallfahrtsort, der heißt Lourdes. Da ist es eine Grotte mit einer Quelle, und die Leute kommen in Scharen dorthin, weil sie glauben, dies ist ein heiliger Ort, an dem angeblich die Jungfrau Maria schon mal gewesen sein soll. Wunder können hier auch geschehen, für die Menschen, die daran glauben jedenfalls. Viele Kranke sollen gesund geworden sein, nachdem sie hier waren und zu Maria gebetet haben. Auch allen Kummer, mit dem die Leute zu Maria kommen, kann sie angeblich verschwinden lassen. Aber uns Tiere, von denen viele auch ein Wunder nötig hätten, uns lässt man da nicht rein – keine Chance! Für mich ist trotzdem eines geschehen, als ich Nadja traf, aber ob Maria damit wirklich was zu tun hat?

Die sieht lieb aus, habe ich auf den ersten Blick gedacht, als der große Reisebus mal wieder in unseren kleinen Ort kam, und Nadja, zusammen mit vielen anderen Pilgern, ausstieg. Ab hier wollten sie alle zu Fuß weitergehen. Wohl, damit sie sich ihr erhofftes Wunder verdienen konnten, denke ich. Warum wohl sonst quälen sich die Menschen, mit schwerem Gepäck auf dem Rücken und mit Blasen an den Füßen, bis hin zur Grotte der heiligen Jungfrau. Nadja wollte das auch, genau deshalb war sie gekommen, das hat sie mir später erzählt. Als sie mich sah, hat sie mir gleich ein Stück von ihrem Wurstbrot abgegeben, hm lecker war das! Sie hat gemerkt, dass ich halb verhungert war. Weil sie so lieb zu mir war, bin ich ihr seitdem nicht mehr von der Seite gewichen, wohin sie auch ging. Viele Tage lang sind wir zusammen gelaufen, und wenn sie abends in einer der Herbergen am Wege eingekehrt ist, dann musste ich draußen bleiben. Sie hat mich aber trotzdem immer versorgt, und ab und zu hat mir auch jemand aus der Küche ein paar Abfälle zugesteckt. Die kennen uns Streuner schon, aber alle sind nicht so nett. Viele jagen uns fort, weil sie denken, sie werden uns sonst gar nicht mehr los. Warum Nadja die heilige Jungfrau um Beistand bitten wollte, das wusste ich damals nicht, aber dass sie traurig war, das habe ich gespürt, und auch, dass sie mich nicht so einfach wieder in Stich lassen würde!

Als wir dann endlich an der Grotte angekommen waren, da durfte ich die letzten Meter bis ins Ziel nicht mit ihr mitlaufen. Eigentlich ungerecht, weil ich doch den ganzen, langen Weg mit ihr zusammen zurückgelegt hatte. Meine Pfoten waren genau so wund wie die Füße von Nadja. Nur konnte sie mich ja nicht verpflastern, aber sie hat mir jeden Abend die Pfoten mit so einem übel riechenden Zeugs eingeschmiert, das half. Ich sollte auf sie warten, sie käme bestimmt zurück, das hat sie mir eingebläut, bevor sie allein weiter gegangen ist. Das habe ich getan, denn was blieb mir anderes übrig als am Straßenrand sitzen zu bleiben, bis sie wieder da war.

Endlich, nach einer kleinen Ewigkeit, so kam es

mir jedenfalls vor, kam sie tatsächlich zurück. Sie strahlte förmlich und meinte, der lange, schwierige Weg hätte sich gelohnt. Schön für sie, aber ich hoffte nur, für mich auch! Wir sind dann wieder zurück zu der Herberge gelaufen, in der sie in der letzten Nacht geschlafen hatte. Am nächsten Morgen wollte sie noch einmal zur Grotte und sich den Rest des Tages ausruhen, bevor sie ihren Rucksack für die Heimreise wieder einpacken musste. Sie hatte mir unterwegs ja schon mal erzählt, dass sie aus Deutschland gekommen war und für diese Tour ihren ganzen Urlaub geopfert hatte. Sie hat viel mit mir gesprochen; über Schönes und Trauriges in ihrem Leben, und ich glaube, es hat ihr geholfen, dass ich ihr zugehört habe, auch wenn ich vieles nicht verstanden habe. Nur am Klang ihrer Stimme konnte ich mir denken worum es ging. Einen Namen hatte sie mir inzwischen auch gegeben – Lumpi, weil ich so struppig und abgerissen aussah, wie sie meinte. Klar, mein sandfarbenes Fell war noch längst nicht so schön glänzend wie heute, und ziemlich dünn war ich zu der Zeit auch, kein Wunder! Das habe ich erst erlebt, als Nadja mir gesagt hat, dass sie mich mitnehmen wollte, nach Deutschland, dahin wo sie zuhause war.

„Das wird allerdings nicht ganz so leicht, Du musst mir einfach vertrauen und Dich ganz still verhalten!", hat sie mir erklärt. Doch, vertraut habe ich ihr von Anfang an, aber still sein? Mich nicht mehr freuen und an ihr hochspringen dürfen, um sie zu begrüßen, wie sollte das denn gehen?

„Wir schaffen das schon", hat Nadja gemeint, sie hatte auch schon einen Plan. An unserem letzten Tag ist sie noch mal in den Ort gegangen und hat da für mich eine extragroße Tasche gekauft. Am folgenden Morgen hat sie mich ganz früh gefüttert, und dann sollte ich in die große Tasche kriechen. Wollte ich erst nicht, aber ihr zuliebe habe ich es schließlich doch getan und bin darin eingeschlafen. Als ich aufwachte, war es schon dunkel, und ich hatte auch wieder Hunger, aber um uns herum war alles still, deshalb habe ich nur ganz vorsichtig meinen Kopf aus der Tasche zu stecken versucht, und das hat Nadja gleich aufgeweckt.

„Pst, Du musst noch ein bisschen aushalten", hat sie in mein Ohr geflüstert und mich beruhigend gestreichelt. Danach hat sie den Reißverschluss an ihrer Reisetasche wieder ein Stück weiter zugezogen. Nicht ganz, damit ich noch Luft bekommen konnte. Das kam mir alles komisch vor, aber ich wusste, was sie tut ist richtig, deshalb habe ich es mir gefallen lassen, und ich bin auch schnell wieder eingeschlafen. Als ich das nächste Mal erwacht bin, da war es hell, und der Bus hielt an. Alle waren ausgestiegen, um eine Pause zu machen. Nadja hat die Tasche, mit mir drin, ganz vorsichtig hoch genommen und mich draußen raus gelassen, damit ich mich mal in die Büsche schlagen konnte. Wurde auch Zeit, fast hätte ich in die Tasche gepinkelt. Aber dann mussten wir uns beeilen, sonst wäre der Bus womöglich noch ohne uns weiter gefahren. Also war es nix mit Auslauf für mich. Ganz steife Glieder hatte ich auch schon. Bevor wir wieder eingestiegen sind, hat sie mir aber noch was zu fressen gegeben und auch frisches Wasser. Das schmeckte wieder so komisch, aber ich hatte tüchtig Durst, deswegen habe ich es ganz weg geschlabbert. Ja und dann muss ich wohl wieder eingeschlafen sein, denn als ich danach wieder aufgewacht bin, da wusste ich erst gar nicht wo ich war.

Ich lag auf einem dicken, weichen Fellteppich, und meine Nadja saß mit einem fremden Kerl neben mir.

„Na, Du Schlafmütze", das waren seine ersten Begrüßungsworte, die er an mich richtete. Das klang nett, so wie er es sagte, und außerdem hat er mich dabei gestreichelt.

„Willkommen bei uns in Deutschland, Deiner neuen Heimat!", hörte ich Nadja dann sagen. Diese Worte habe ich damals zwar noch nicht verstanden, aber was sie bedeuteten, das schon, ich durfte bleiben! Es hat nicht lange gedauert, bis ich mich hier eingewöhnt hatte, und die deutsche Sprache, die verstehe ich inzwischen ziemlich gut, das meiste jedenfalls. Aber nur wenn ich will, falls nicht, dann tue ich einfach so, als würde ich nicht verstehen, was Udo und Nadja von mir wollen. Das ist ab und zu ganz praktisch, aber ich glaube fast, die beiden durchschauen mich und lachen darüber. Meine alte Heimat vermisse ich nicht, hier geht es mir viel besser – vielleicht tatsächlich dank der heiligen Jungfrau Maria.

Moritz

Ich bin der Tiger Moritz; solange ich mich zurückerinnern kann, lebe ich hier mit meiner Familie in unserer Wohnung. Meine Familie, das sind Ulrike und Ingo. Ich bin für die beiden so etwas ein Kind, denn die beiden verwöhnen und umsorgen mich nach Kräften, und ich lasse mir das natürlich nur zu gerne gefallen. Es ging mir bisher immer gut. Mein Revier, denn ich bin ein Freigänger, ist in Ordnung, und mit Nachbars Bobby bin ich bisher auch immer bestens ausgekommen. Bobby ist ein ziemlich großer Hund, und ab und zu treffen wir uns draußen, wenn wir beide Ausgang haben. Aber jetzt liegt was in der Luft, das spüre ich in meinen Barthaaren!

Tagsüber sind meine Lieben ja unterwegs und arbeiten. Ingo sagt, das muss so sein, damit sie genug Geld für ihr, und vor allem für mein Futter, haben. Ist aber nicht so schlimm, ich kann mich auch gut allein beschäftigen. Außerdem steht ja immer ein Fenster im Hausflur offen, und so kann ich rein und raus wie ich möchte. Ist eine praktische Sache, vor allem im Sommer, denn ich liebe meine Freiheit über alles! Abends spätestens, wenn die beiden schlafen gehen wollen, wird mein Fenster zur Freiheit allerdings geschlossen. Wenn ich es dann verpasst habe, rechtzeitig nach Hause zu kommen, dann rufen sie nach mir, und klappern mit meiner Futterdose, um mich nach Hause zu locken. In der Regel komme ich dann auch angetrabt, meistens jedenfalls. Es gibt natürlich auch Ausnahmen, denn die warmen, mondhellen Nächte, die genieße ich ab und an ganz gern draußen. Da lässt sich für einen Kater wie mich so manches Abenteuer erleben - Ihr wisst sicher was ich meine, denn mehr verrate ich darüber nicht! Ich weiß zwar, dass vor allem Ulrike sich oft Sorgen um mich macht, weil sie mich lieber neben sich auf dem Sofa liegen hätte, aber darauf kann ich nicht immer Rücksicht nehmen - tut mir leid, liebe Katzenmama! Ich habe doch mein eigenes Leben, und kann auch ganz gut allein auf mich aufpassen

Irgendwas ist derzeit im Busch, das spüre ich genau, aber was nur? Es liegt so eine eigenartige Spannung in der Luft, die ich sonst nicht kenne, mal abwarten was daraus wird. -
Also Leute, langsam kriege ich eine Ahnung, um was es geht, denn Ulrike wird ein Baby bekommen. Das haben sie und Ingo sich ja schon lange gewünscht. Ist ja auch in Ordnung, solange sie mich trotzdem noch lieb haben, aber da bin ich mir ziemlich sicher. Na, da steht uns ja noch einiges bevor, fürchte ich. Umziehen wollen sie deswegen auch. Oh je, das finde ich allerdings

gar nicht gut! Wir Katzen sind ja bekanntlich Gewohnheitstiere, und ich habe da so eine schwache Ahnung, dass diese Ereignisse mein bisheriges schönes, ach so ruhiges, Katerleben völlig umkrempeln werden.

Wusste ich es doch, meine Intuition hat mich noch nie in Stich gelassen! Ulrike geht jetzt nicht mehr zur Arbeit, und sie hat inzwischen auch ganz schön zugelegt. Sie, die früher immer so stolz war auf ihre schlanke Linie! Außerdem hat sie zwischendurch regelrechte Fressattacken, und dann schlingt sie alles in sich hinein, was der gefüllte Kühlschrank hergibt. So wie saure Gurken, brrr; Schinken, hm lecker, und ganz viele Süßigkeiten, vor allem Pudding, den will sie zurzeit ständig essen! Manchmal jagt sie Ingo sogar noch spät am Abend los in den Supermarkt, wenn sie auf etwas Bestimmtes Hunger hat, und es gerade nicht verfügbar ist. Armer Kerl, mein Katzenpapa! Aber er erträgt ihre Launen ohne Murren. Nur gut, dass er ihr Laufbursche ist und nicht ich! Ob Katzenfrauen auch so anspruchsvoll sein können, wenn sie trächtig sind? Ach nein, ich glaube, das möchte ich lieber gar nicht wissen!

Ulrike und Ingo haben mich bisher immer tüchtig gelobt, wenn ich mit ihnen meine Jagdbeute geteilt habe, ich bin nämlich ein großer Jäger! Gestern, da hatte ich ein besonders fettes Mäuseexemplar gefangen, und extra für Ulrike aufgehoben und ihr mitgebracht, aber anstatt sich zu freuen wie sonst, hat sie nur die Nase gerümpft und ist gleich ins Bad gestürzt, um sich zu übergeben. Ingo musste die Maus dann später entsorgen. Was ist denn nur los mit ihr? Langsam kenne ich mich gar nicht mehr aus mit meiner lieben Katzenmama.

Jeden Tag wird jetzt in der Wohnung alles hin und her geräumt, und überall stehen halb gefüllte Kartons im Weg. Vieles wird weggeworfen oder verschenkt. Das ist eine gute Gelegenheit zu entrümpeln, wie Ingo meint. Aber von meinen Sachen, da sollen sie gefälligst die Finger lassen! Davon darf nix entsorgt werden! Ich brauche alle meine Spielmäuse, den Stab mit den Federn dran und die bunten Bälle erst recht, und zwar alle! Vor allem, meine Schälchen für Wasser und das Futter, die dürfen sie auf keinen Fall vergessen! Inzwischen sieht es gar nicht mehr schön aus in unserer Wohnung, und gemütlich ist es schon gar nicht mehr. Morgen ziehen wir um, sagt Ingo. Bei dem Gedanken daran wird mir schon ganz mulmig! Ob ich mich wohl verstecken und bei Bobby bleiben soll? Aber was mache ich, wenn ich da doch nicht bleiben kann? Als der alte Herr über uns ausgezogen ist, da sind gleich am nächsten Tag neue Mieter eingezogen. So wird es bei uns sicher auch sein. Vielleicht wollen die ja einen getigerten Kater bei sich aufnehmen. Ach, mir geht so vieles durch den Kopf, bevor ich endlich einschlafen kann.

Der Umzugstag ist da, und ich habe mich endgültig dazu entschlossen doch auch mit umzuziehen. Wer weiß, was mich sonst erwarten würde, wenn ich hier bliebe. Ziemlich früh sind Ulrike und Ingo heute aufgestanden. Ich kriege sogar noch ein ausgiebiges Frühstück serviert, immerhin haben sie daran gedacht! Dafür hat Ingo eine Dose mit meinem Lieblingsfutter zurück gelassen, das kriege ich beileibe nicht jeden Tag. Ist wohl zu teuer, vermute ich. Jedenfalls frühstücke ich erst mal, um mich für den Rest des Tages zu stärken. Danach muss ich aber unbedingt kurz raus, - in sanitären Angelegenheiten. Und von meinen Freund Bobby muss ich mich ja leider nun auch verabschieden, ob ich den wohl jemals wiedersehen werde? Aber vielleicht kann er uns ja mal besuchen kommen, denn mit seinen Leuten verstehen Ulrike und Ingo sich auch prima. Zum Glück ist Bobby im Garten, als ich komme. Er ist auch traurig, dass ich wegziehen muss.
„Mach`s gut, alter Freund!", maunze ich zum Abschied, bevor ich mich auf den Rückweg mache. Als ich zuhause ankomme, da ist hier

schon viel Betrieb. Der große Möbelwagen steht vor der Tür, und zwei große, starke Kerle helfen Ingo dabei die Sachen aus der Wohnung nach draußen zu tragen. Dann verschwinden alle unsere Herrlichkeiten nach und nach im Bauch des großen Wagens. Sämtliche Möbel und die Kartons auch. Ob sie wohl auch daran gedacht haben, wirklich alle meine Sachen mit einzupacken? Das will ich doch schwer hoffen! Überprüfen kann ich das ja nicht mehr.

„Da bist Du ja endlich, Moritz!", höre ich Ulrike erleichtert sagen, als sie mich sieht.
Ja, was denkt sie denn, ich bin doch noch immer zurück nach Hause gekommen. Was jetzt passiert, das gefällt mir allerdings ganz und gar nicht; denn Ingo packt mich kurzerhand, und stopft mich in meine Transportbox. Darin fahren sie immer mit mir zum Tierarzt. Der tut immer so nett, und er hat sogar ab und an ein Leckerli für mich, aber am Schluss der Untersuchung erfolgt unweigerlich die dumme Spritze! Jedes Mal ist das so, muss ich etwa heute noch zum Tierarzt?
„Keine Sorge Moritz, wir nehmen Dich schon mit, aber im Moment bist Du in Deiner Box am besten aufgehoben", versichert mir Ulrike. Na, wenn sie das meint, dann muss ich die ganze Aufregung wohl hinter Gittern weiter verfolgen. Schließlich ist die Bude endlich leer, und alle

Möbel, sowie große und kleine Kartons sind in dem großen Möbelwagen verstaut. Ingo hat meine Transportbox schon auf den Rücksitz unseres Familienautos gestellt, und dann fahren er, Ulrike und ich unserem neuen Zuhause entgegen. Der Möbelwagen fährt voraus. Als wir angekommen sind, muss ich weiterhin in der Box ausharren, während die Männer alles ins Haus tragen. Ulrike kann auch nicht viel mithelfen, sie darf ja nicht mehr schwer tragen. Dafür erklärt sie den Männern, in welches Zimmer die Möbel und Kisten gebracht werden sollen, das kann sie am besten.

Von meiner Box aus kann ich ja nicht allzu viel sehen, aber ich glaube, wir sind hier im Grünen gelandet. Das ist ja schon mal gut, und später wird auch endlich meine Box ins Haus geholt. Wurde auch langsam Zeit, das will ich Euch mal sagen! Aber wie sieht es hier nur aus? Meine Katzenmama, die Ulrike, ist doch sonst immer so ordentlich, aber hier hat man ja den Eindruck, man ist auf einem Schlachtfeld gelandet! Junge, Junge, da haben sie noch ganz viel Arbeit vor sich, bis alles wieder im Lot ist. Dabei kann ich ihnen aber nicht helfen, das steht schon mal fest. Ich gehe erst mal auf Entdeckungsreise und suche meinen neuen Futterplatz. Ah, hier ist bestimmt die Küche, und in der Ecke da hinten stehen tatsächlich schon meine vertrauten

Fressnäpfe und auch eine Schale mit frischem Wasser, die haben sie ebenfalls dazu gestellt. Aber, oh Schreck, mein Fressnapf ist gähnend leer, so geht das aber nicht, meine Lieben! Sofort laufe ich zu Ingo, um mich lauthals bei ihm zu beschweren. Weil ich doch sonst eher wortkarg bin, wird er tatsächlich gleich aufmerksam und sagt: „Ja, ich weiß Moritz, hier ist alles noch fremd für Dich. Aber es wird Dir sicher bald gefallen. Es ist hier viel größer und schöner als in der alten Wohnung, und einen großen Garten, den haben wir hier auch. Da hast Du ein tolles Revier, ganz für Dich ganz allein!", versucht er mich zu beschwichtigen. Aber ich will mich nicht beruhigen, ich möchte, dass er versteht, dass ich Hunger habe, verflixt noch mal! Ich möchte jetzt gleich was zu fressen, deshalb maunze ich unwillig weiter. Endlich erscheint Ulrike auf der Bildfläche, und sie hat frische Bettwäsche auf dem Arm.

„Ach Moritz, Du Armer; ich wollte vorhin gerade Deinen Napf füllen, da hat mich einer der Möbelpacker gerufen, weil er eine Frage hatte. Da bin ich ganz darüber hinweggekommen, außer dem Wasser noch Körnchen in Deinen Napf zu schütten, aber das mache ich jetzt sofort!", tröstet sie mich. Einen Augenblick später prasseln die leckeren Körnchen in meinen Napf - endlich! Gierig falle ich darüber her, bevor ich mich erneut auf Entdeckungsreise begebe. Hier ist alles so anders, es riecht fremd, und überhaupt war das ein ganz schrecklich anstrengender Tag für mich. Obwohl und gerade, weil ich ihn überwiegend in meiner Box verbracht habe. Ingo und Ulrike sind auch sehr müde und wollen schnell ins Bett.

„Morgen ist auch noch ein Tag, und ich habe schließlich die ganze Woche Urlaub", hat Ingo gesagt, bevor die beiden im Schlafzimmer verschwunden sind.

Ich bin noch ein Weilchen durch das neue Zuhause getigert, habe mal hier und dort geschnüffelt, und mich am Ende auch irgendwo völlig erschöpft hingelegt. Also, ab morgen gilt: Auf in ein neues, abenteuerliches Katerleben!

Barry

Wir Bobtails sind von Haus aus Hütehunde, und diese Aufgabe nehmen wir sehr ernst. Deshalb lieben wir es auch, wenn wir auf Kinder, und natürlich auch auf unser Frauchen oder unser Herrchen, aufpassen können.

„Unser Barry ist der Boss der Familie!", das sagt mein Frauchen oft lächelnd zu mir. Sie ist es, die sich am allermeisten um mich kümmert, mein langes Fell täglich und ausgiebig bürstet, drei mal am Tag mit mir Gassi geht und natürlich regelmäßig meinen Napf auffüllt. Ab und zu geht Herrchen auch mit mir raus, aber er ist oft unterwegs, und dann bin ich mit den beiden Mädchen und Frauchen allein.

Aber wenn die jährliche Routineuntersuchung beim Tierarzt wieder fällig ist, dann muss Herrchen ran. Dahin gehe ich nämlich nicht gern, sondern sträube mich mit allen Vieren, wenn wir dran sind, und ich in das doofe Behandlungszimmer gehen soll. Dann muss Herrchen mich von hinten schieben, der Tierarzt von vorn ziehen, und natürlich müssen sie auch ein Leckerchen rausrücken, sonst geht gar nix! Ich bin ja ziemlich groß und habe auch viel Kraft, die setzte ich dann natürlich ein, aber bis jetzt haben sie es leider trotzdem immer noch irgendwie geschafft mich in das Zimmer rein zu kriegen. Dann werde ich von dem Tierarzt gründlich untersucht, abgetastet, abgeklopft und sogar meine Zähne will er anschauen. Bei der Gelegenheit überlege ich jedes Mal ob ich ihn kurz mal zwicken sollte, damit er mich in Ruhe lässt. Meistens holt er dann zum Schluss sogar noch eine Spritze raus, und das kann ich erst recht nicht leiden!

„Du musst aber geimpft werden, damit Du immer so fit bleibst wie Du jetzt bist", sagt Herrchen jedes Mal dazu - na danke! Für diese Prozedur müssen er und Frauchen auch noch viel Geld bezahlen, so sagen sie. Also, wenn es nach mir ginge, dann könnten sie sich das getrost sparen oder noch besser von dem Geld Leckerlis für mich kaufen - das wäre doch mal eine Maßnahme! Aber mich, um den es letztlich geht, den fragt ja wieder mal keiner.

Wenn meine Familie in den Urlaub fährt, dann darf ich auch mit. Im Auto ist es dann ganz schön eng; mit Herrchen am Steuer, Frauchen neben ihm, den beiden Mädchen Anna und Marie auf dem Rücksitz, und ich sitze ganz hinten drin. Die Koffer müssen sowieso schon aufs Dach. Bisher sind wir immer an die Nordsee gefahren. Meine Familie hat da ein Ferienhaus, das ist sozusagen unser zweites Zuhause.

Ragna

Mit den Mädchen tobe ich durch den Garten, und an den Strand nehmen sie mich auch mit. Baden macht uns allen viel Spaß! Allerdings hatten wir im letzten Urlaub ein Erlebnis, das war für die

Menschen ein tüchtiger Schreck. An der Nordsee gibt es ja Ebbe und Flut, das heißt, mal ist das Wasser eine Weile da, und dann geht es für einige Stunden wieder weg. Dann kann man im Watt Muscheln suchen und weit raus laufen, aber zu weit sollte man sich auf keinen Fall wagen! Denn, wenn die Flut zurück kommt, kann das manchmal unerwartet schnell gehen.

So ging es auch dem Jungen, der an diesem Tag ziemlich spät noch einmal raus ins Watt gelaufen ist. Dann kam die Flut, und er versuchte zurück zu kommen, aber das Wasser stieg ziemlich schnell, und inzwischen war sogar noch Nebel aufgekommen. Er hat laut um Hilfe gerufen, weil er sich nicht traute, allein weiter zu gehen. Seine Eltern hatten ihn zu der Zeit schon gesucht und dachten erst, er wäre zurück auf dem Spielplatz oder zu ihrem Wohnwagen gegangen, aber da war er auch nicht. Frauchen hatte schon alles zusammengepackt, und eigentlich wollten wir auch zurück zum Ferienhaus, aber dann hat meine Familie mitgekriegt, dass der Junge noch vermisst wurde, deshalb wollten alle da bleiben und dabei helfen ihn zu suchen. Ich habe seine Schreie als Erster gehört, bin sofort los gerannt und habe ihn auch gefunden. Er hat sich an meinem Halsband festgehalten, und ich habe ihn dann zurück zum Strand gebracht. Der Junge hat vor Erleichterung sogar geweint, als wir wieder festen Boden unter den Pfoten hatten. Seine Mama und sein Papa haben ihn erst mal erleichtert in die Arme genommen, später aber sicher noch einmal mit ihm geschimpft, weil er so leichtsinnig war! Mir waren sie allerdings sehr dankbar und haben mich tüchtig gelobt, weil ich ihren kleinen Sohn gerettet hatte, aber das war für mich doch selbstverständlich. Das macht der bestimmt nie wieder, einfach so weglaufen ohne den Eltern Bescheid zu sagen. Meine ganze Familie ist mächtig stolz auf mich und meine Heldentat, und ich habe Zuhause gleich ein feines Leckerli gekriegt - das war natürlich das Allerbeste an der ganzen Sache!

In diesen Urlaubswochen haben alle immer viel Zeit füreinander, und das wünschte ich mir zuhause auch, denn der Alltag holt uns viel zu schnell wieder ein, so sagt Herrchen immer, und das stimmt ja leider. Aber ich will mich nicht beklagen, ich habe zu jeder Zeit ein tolles Zuhause, und das sollte eigentlich jedes Tier haben!

Amanda

Ich bin Amanda, eine graue Tigerin, und lebe hier mit meiner Familie in einem kleinen Haus am Rande unserer Stadt. Ich habe meine Katzenmama, ihre beiden Jungs, Mats und Ole heißen die, und auch unsere Oma, sehr lieb. Meistens tue ich ja auch das, was sie von mir wollen, aber nicht immer. So auch nicht, als es darum ging, keine Babys zu bekommen. Die hatten schon einen Termin beim Tierarzt für mich ausgemacht, weil sie meinten, es gäbe schon viel zu viele kleine Katzen, die niemand haben wollte, unter anderem auch deshalb sind ja die Tierheime so voll. Alles gut und schön, aber einmal wollte ich es doch wissen, wie es so ist, eigene Kids zu haben. Deshalb habe ich die Gelegenheit genutzt, und mit einem Streuner, den ich beim Freigang getroffen hatte, eine kurze Affäre angefangen. Der ist danach bald wieder verschwunden, aber das war mir letztlich auch egal, denn ich war trächtig, das habe ich gespürt. Der Tierarzt hat das bestätigt, und so musste der geplante Eingriff auf später verschoben werden. War mir nur recht!

Meine Katzenmama war wohl anfangs ein bisschen sauer, aber dafür waren Mats und Ole umso begeisterter von meiner Schwangerschaft. Mir ging es während der ganzen Zeit gut, und ich freute mich sehr auf die Kleinen. Zwar hatten die beiden Jungen für mich, und die bald zu erwartenden Katzenbabys, schon einen großen Pappkarton hergerichtet, aber ich wollte meine Kleinen lieber woanders bekommen. Auf dem Boden hatte ich bei meinen Erkundungsgängen mal ein altes Puppenhaus gesehen, das hat wohl früher meiner Katzenmama gehört, darin sollten meine Babys geboren werden, das hatte ich für mich beschlossen. Ob wohl das alte, hübsche Puppenhaus noch da war? Doch, ich hatte Glück, es stand einsam und verlassen in der hintersten Ecke auf dem Boden, war zwar etwas verstaubt, aber das störte mich nicht weiter, ich fand es wunderschön. Als ich spürte, dass es soweit war, habe ich mich dorthin zurückgezogen, und in dem Puppenhaus sind meine Kleinen dann auch zur Welt gekommen. Das habe ich in dieser Nacht ganz allein geschafft und war sehr zufrieden mit mir!

Vier wunderhübsche Katzenbabys habe ich bekommen. Zwei kleine Kater und zwei Katzenmädchen waren es. Einer der kleinen Kater war pechschwarz, wie die Nacht in der geboren worden ist. Der andere war auch schwarz, hatte aber eine weiße Schwanzspitze und ein weißes Lätzchen. Beide hatten wunderschöne, grüne Augen. Die Mädchen waren schwarz-weiß gefleckt und ihre Augen waren eher gelblich. Das habe ich natürlich erst viel später gesehen, denn eine ganze Weile hatten sie ihre Augen ja noch geschlossen. Ach, wie war ich stolz auf meine Babys! Habe sie hin und her geschleppt und irgendwann natürlich auch der Familie gezeigt, aber in den ersten Tagen wollte ich mein großes Glück noch für mich ganz allein behalten.

Mats und Ole waren ganz hingerissen von den Kleinen. Sie hätten sie am liebsten alle behalten, aber das ging nicht, das hat meine Katzenmama ganz schnell klargestellt. Sie hat dann einige Fotos von mir mit den Kleinen gemacht und per Annonce Leute gesucht, die gern eine junge Katze bei sich aufnehmen wollten. Sie hat für alle ein gutes Zuhause gefunden, das hat sie mir versichert. Die beiden Mädchen wurden als Erste adoptiert und sind zusammen geblieben. Dann ging einer der Kater, und meinen pechschwarzen kleinen Sohn, den habe ich am längsten bei mir behalten. Er wurde langsam übermütig, und schließlich wurde es allerhöchste Zeit, dass er in gute Hände kam, zu Leuten, die ihm aber auch ein bisschen mehr an Gehorsam beibringen konnten. Mir ist das nicht so richtig gelungen, das muss ich leider zugeben. Er ist nun mal ein kleiner Frechdachs und braucht etwas mehr Strenge, aber sonst ist er ein sehr liebenswertes Kerlchen. Er wird seine neue Familie bestimmt ganz schnell um die Pfötchen wickeln.

Es war schon komisch, als alle meine Kinder fort waren, aber ich weiß, dass alle es gut getroffen haben, daher habe ich mich damit abgefunden. Das ist nun mal der Lauf der Welt, und außerdem genieße ich es jetzt ab und zu sogar wieder meine Freiheit zu haben.

Paola und Gigi

Wir sind Katzenschwestern, und alle sagen, dass wir uns zum Verwechseln ähnlich sehen. Mag sein, aber sonst sind wir grundverschieden. Gigi ist ganz eindeutig die Sanftmütigere von uns beiden, und manchmal geht mir ihre ruhige Art richtig auf die Nerven. Sie kann so gut wie nichts erschüttern. Nur dann, wenn jemand ihren Namen nicht richtig ausspricht, das bringt sie gleich auf die Palme! Sie legt großen Wert auf die französische Aussprache von Gigi – etwa so: Dschischi, - ganz weich gesprochen! Ist gar nicht so einfach, ich weiß. Ich hingegen habe viel, viel mehr Temperament, meint unsere Katzenmama Annabell. Das stimmt, denn ich bin fast immer diejenige, die Gigi zum Spielen oder Jagen auffordert und überhaupt oft die Führung übernimmt. Meistens sind wir beide ja ein Herz und eine Seele, wenn man von gelegentlichen schwesterlichen Rangeleien mal absieht. Aber jetzt haben wir zwei ein ernsthaftes Problem bekommen – in Gestalt des neuen Katers, der vor kurzem in unserer unmittelbaren Nachbarschaft aufgetaucht ist. Er ist aber auch wirklich ein schneidiger Kerl, der tolle Nick! Das finden wir beide – leider.

Er hat einen eleganten, rotbraunen, mit hellen Streifen durchzogenen Pelz und blitzende, helle

Augen. Den Schwanz trägt er allerdings ziemlich hoch, er kennt seine Wirkung auf die weiblichen Katzen sicher nicht erst seit gestern, fürchte ich. Mich hat er damit rum gekriegt, dass er mir schön getan und meine hübsche, interessante Fellzeichnung bewundert hat. Womit er recht hat, denn die ist bei Gigi und mir bestimmt nicht alltäglich. Der Schwanz und etwa die Hälfte des Rückens sind grauschwarz getigert. Der Rest ist weiß, die Vorderbeine und der Bauch ebenso. Vom Hinterkopf her verläuft ein dunklerer Fleck etwa bis zu den Ohren, ab da wird unser Fell zu den Augen hin wieder etwas heller. Das lässt unsere Maske toll aussehen. Unsere Ohren sind wieder dunkel, und beide haben wir grünliche Augen, mit einem leichten gelblichen Schimmer darin, je nachdem wie das Sonnenlicht dort einfällt. Wir pflegen beide unser Fell mit Hingabe und verwenden täglich viel Zeit dafür, so wie es sich für anständige Katzendamen, wie uns, gehört

Ich fühlte mich jedenfalls sehr geschmeichelt, als Nick vor einigen Tagen um mich herum schlich. Zumindest so lange, bis ich erfuhr, dass er meiner Schwester Gigi kurz danach in ganz ähnlicher Art und Weise um den Bart gegangen war, natürlich ebenfalls mit Erfolg.

„Ich habe ihn zuerst getroffen, Pfoten weg von Nick!", habe ich sie angefaucht, aber Gigi blieb,

wie üblich, wieder mal ganz gelassen.

„Das ist sowieso schon zu spät, reg Dich nicht auf", murmelte sie etwas verlegen. Ach, du liebe Güte, sie war doch tatsächlich auch schon auf den frechen Kerl reingefallen! Sie hatte eine kurze Begegnung mit ihm, danach hat sie ihn ebenfalls schnell durchschaut, genau so wie ich zuvor. Aber was hilft es, wegen so eines dahergelaufenen Katers werden wir zwei uns doch nicht ernsthaft streiten wollen, das ist der arrogante Kerl ja gar nicht wert!

„Komm Schwesterherz, nach diesem Schreck brauchen wir beide erst mal eine kleine Stärkung. Mal sehen, ob in unseren Fressnäpfen schon wieder Nachschub gelandet ist, und gegen ein Leckerli zwischendurch hätte ich auch nichts

einzuwenden, Du etwa?"
„Natürlich nicht!"
Na also, danach waren wir wieder ein Herz und eine Seele, meine Schwester Gigi und ich. Außerdem ist der tolle Nick sowieso nicht mehr da, wie wir kurz danach erfahren haben. Hat sich die ganze Aufregung eigentlich überhaupt nicht gelohnt. -

Hey Leute, jetzt solltet Ihr aber auch mal hören, was ich zu der ganzen Sache zu sagen habe! Irgendjemand hatte die Idee, mich Nick zu nennen, damals in einem früheren Leben, deshalb ist es dabei geblieben. Weil es diesen Jemand in meinem Leben leider schon lange nicht mehr gibt, bin ich seither erneut auf der Suche nach Anschluss. Ich würde wirklich sehr gern wieder sesshaft werden, und das ist gar nicht so einfach, aber das ist eine ganz andere Geschichte.

Mit den Katzendamen konnte ich inzwischen ziemlich viele Erfahrungen sammeln, deshalb habe ich den Spitznamen „der tolle Nick" bekommen. Das hat sich so ergeben, es gibt ja überall hübsche Katzenladys, dafür habe ich einen Blick. Genau wie die Menschen schauen viele von uns der holden Weiblichkeit zuerst in die Augen oder bewundern eine ungewöhnliche Fellzeichnung. Was mich angeht, so mag ich besonders Katzen mit ausgefallenen Pelzfarben und langen, eleganten Schwänzen, darauf stehe ich total! Deshalb entsprach das durchaus der Wahrheit, als ich Paola das gesagt habe. Sie ist eine wahre Schönheit in meinen Augen und ihre Schwester Gigi ebenfalls.

Als ich Paola traf, da konnte ich doch nicht wissen, dass ich, exakt zwei Tage später, noch einmal ihrem Ebenbild in Form ihrer Schwester Gigi, begegnen würde. Die zwei sehen sich zum Verwechseln ähnlich, und erst dachte ich auch, ich hätte Paola doch noch einmal getroffen. Als ich meinen Irrtum dann bemerkte, war das ganz praktisch, weil ich bei Gigi genau das gleiche Programm abspielen konnte wie zuvor bei Paola, da musste ich mir nichts Neues einfallen lassen, und außerdem trafen meine Komplimente auf sie genauso zu. Es war toll, die beiden Schwestern kennenzulernen, jede ist auf ihre Art zauberhaft! Paola ist die Wilde mit ganz viel Temperament, während Gigi eine sehr ruhige und liebevolle Gefährtin war. Ich werde beide ganz bestimmt nicht so schnell vergessen!

Eigentlich ist es schade, dass ich wieder weiter ziehen muss, aber auch hier hat sich keiner gefunden, der mich auf die Dauer aufnehmen möchte. Ich habe es versucht - ehrlich, aber es hat nicht geklappt. Vielleicht sollte ich, nach einiger Zeit, noch einmal hierherkommen und es erneut probieren. In dem Fall müsste ich mich wohl entscheiden, ob für Paola oder Gigi, ansonsten ist Ärger vorprogrammiert, fürchte ich. Hilfe, was soll ich dann nur tun?

Bella

Clara, Marga und ich, Bella, wir sind ein starkes Trio hier im Buchladen. Clara und Marga, das sind zwei nicht mehr ganz so junge Zwillingsschwestern, so sagen sie jedenfalls, obwohl man ihnen das nicht ansieht. Muss man ja auch nicht, finde ich.

„Wir sind zweieiige Zwillinge, da ist das so", hat Marga mir erklärt.

Ja, und ich bin Bella ihre Katze! Clara hat mich seinerzeit beim Spaziergang im Stadtpark in einer braunen Mülltüte gefunden. Die hat sich bewegt und etwas geraschelt, deswegen war sie neugierig und hat nachgesehen. Dabei hat sie mich gefunden, mehr tot als lebendig, und wenn sie nicht gekommen wäre, dann wäre die Sache bestimmt schlecht für mich ausgegangen. Aber sie hat mich mitgenommen und mit Marga zusammen wieder gesund gepflegt. Daran kann ich mich kaum noch erinnern, und daran was vorher war, erst recht nicht, das ist aber besser so, denn es wären ganz bestimmt keine schönen Erinnerungen gewesen...

Clara und Marga meinen, ich bin eine Siam-Katze oder zumindest habe ich eine im Stammbaum. Mein Pelz ist nämlich weiß, aber ich habe schwarze Ohren und eine schwarze Schwanzspitze. An zwei Pfötchen habe ich auch schwarze Stiefel, einmal rechts hinten und links vorn. Das sieht ein bisschen seltsam aus; außerdem kommt noch dazu, dass ich zwei verschiedenfarbige Augen habe. Eines ist blau, das andere grün. Mich, und auch die Schwestern, stört das gar nicht, im Gegenteil! Marga und Clara finden mich so wie ich bin sehr hübsch – bella eben!

Aber sie vermuten, dass ich mich deswegen nicht zur Zucht eigne und daher auch in der Mülltonne gelandet bin. Ziemlich gemein war das, finde ich! Außerdem Babys kriege ich sowieso keine, will ich aber auch nicht. Überhaupt gehe ich ja ohnehin nie nach draußen, wie sollte ich dann einen Kater treffen? Da geht es mir wie meinen beiden Katzenmamas, wir brauchen keine Kerle, sagt Marga immer und das stimmt!

Unser Antiquariat und die Wohnung darüber, das ist mein Reich, und mehr brauche ich nicht. Den Laden haben Clara und Marga von ihren Eltern geerbt, und er sieht immer noch so aus wie damals.
„Das ist Tradition", sagt Clara, und Marga nickt dazu. Deswegen wird das auch so bleiben. Hier gibt es ganz viele, hohe Regale aus dunklem Holz, und die stehen alle voller Bücher. Auch viele ältere, die man sonst nirgends mehr

bekommt. Neue Bücher haben wir natürlich auch einige, und bestellen können die Schwestern sowieso alle Bücher, die zu haben sind. Eine gemütliche Leseecke, mit dicken Ledersesseln, die gibt es ganz hinten im Laden. Ein kleiner Tisch, um die Bücher abzulegen, steht daneben. Manchmal kommen Kunden und setzten sich hierher, um ganz in Ruhe zu lesen. Viele bleiben ganz lange sitzen, und manchmal leiste ich ihnen dabei Gesellschaft. Ab und zu kriege ich sogar ein Leckerli, vor allem von den Kunden, die öfter kommen und mich kennen.

Wir haben ein großes Schaufenster, und darin habe ich auch einen Stammplatz. Wenn es schön sonnig ist, dann lege ich mich gern in meine Ecke mit dem schönen, dicken, weichen Kissen. Da kann ich prima schlafen. Ab und zu klopfen natürlich mal Kinder an die Scheibe. Die wollen wissen, ob ich wirklich lebendig bin oder nur zur Dekoration hier liege. Meistens tue ich dann so, als ob ich das gar nicht merke oder blinzele ihnen höchstens mal mit einem Auge zu.
Wenn ich Lust dazu habe, dann durchstöbere ich gern die vielen Ecken und Winkel im Laden, und ab und zu erwische ich dabei auch die eine oder andere Wollmaus. Andere gibt's hier nicht, aber ich vermisse sie auch nicht, obwohl ich eine Katze bin. Ich habe viel Katzenspielzeug, und langweilig ist es hier sowieso nie. So macht es

mir großen Spaß, von einem der Regale auf die Menschen da unten herabzusehen. Von hier oben hat man einen ganz anderen Blick auf die Welt. Da habe ich auch gesessen, als der Zwischenfall mit dem bösen Mann passiert ist. Der wollte doch glatt die Ladenkasse von Clara und Marga mitnehmen. Anfangs habe ich ja nicht richtig verstanden, was er vorhatte, mir fiel nur auf, dass er so komisch und laut sprach. Außerdem sahen Clara und Marga ganz ängstlich aus; da bin ich einfach vom Regal gesprungen, direkt dem Kerl vor die Füße. Der hat sich tüchtig erschrocken, und den Moment konnte Clara nutzen, um auf die Straße zu laufen und laut Hilfe zu rufen. Daraufhin kamen auch gleich zwei andere Männer in den Laden gestürmt, und die konnten den Räuber überwältigen - dank meiner Hilfe - wie Clara später gesagt hat. Sie und Marga sind seitdem ziemlich stolz auf mich, aber das war doch eigentlich gar nix!

Im hinteren Teil unseres Antiquariats geht eine schmale Wendeltreppe nach oben in unsere Wohnung. Darüber ist ein Seil gespannt, daran hängt ein Schild mit der Aufschrift „Privat", damit die Leute wissen, dass man da nicht weiter gehen soll. Aber ich flitze natürlich darunter durch, wann immer ich will, und das darf ich ja auch. Da oben steht nämlich mein Fressnapf, und gelegentlich will ich auch einfach nur meine

Ruhe haben, wenn es mir unten zu voll oder zu laut wird. Dann verabschiede ich mich lieber und gehe hoch.

Ich habe ein gutes Leben hier bei den beiden Schwestern und möchte es gar nicht anders haben - nur gut, dass mich meine Clara damals gefunden und mitgenommen hat - danke Clara!

Tineke und Gretje

Wir sind zwei Katzenschwestern, und leben schon ganz lange hier bei unseren Katzeneltern in Holland. Lievke und Japie haben uns als Babys von einer Züchterin aus Deutschland geholt, sobald wir von unserer Mama weggehen konnten. Wir beide gehören nämlich zu den Burmilla-Katzen. Unsere Rasse ist noch gar nicht so alt, und viele Menschen kennen sie deshalb gar nicht. Langsam, aber unaufhaltsam, treten wir unseren Siegeszug durch die ganze Welt an, das meint jedenfalls Japie. Und Lievke sagt, wir sehen beide unserer richtigen Mama sehr ähnlich, mit unserem kurzen, eleganten Pelz. Dessen Grundfarbe ist hell, aber an den Spitzen schimmern die einzelnen, feinen Haare dunkel. Das gibt uns eine interessante Färbung, so heißt es in Fachkreisen. Wie bei den meisten Katzen leuchten unsere ausdrucksvollen Augen smaragdgrün, und die Nase und die Öhrchen sind innen zartrosa. Außerdem gelten wir, von unserem Wesen her, als sehr ausgeglichen, und sind außerdem total verspielt und freundlich. Zusätzlich sind wir kleine „Plappermäulchen", wie es heißt, weil wir sehr gern mit unseren Menschen kommunizieren, das stimmt auch. Woher ich das alles weiß? Na, die Lievke, unsere Katzenmama, die liest doch immer ganz viele Katzenzeitschriften. So sind sie und Japie ja auch an die Adresse unserer Züchterin gekommen. Dann haben sie sich auf den weiten Weg nach Süddeutschland gemacht, und uns zu sich geholt. Einen Katzenbruder hatten wir damals auch noch, aber der hat als Erster ein anderes Zuhause bekommen. Und Japie, unser Katzenpapa, findet auch, dass Tineke und ich inzwischen „zwei bildhübsche, holländische Meisjes auf acht Pfoten" sind. Ich glaube, er und Lievke sind echt stolz auf ihre beiden Katzenmädels!

Lievke ist eine tolle Katzenmama, und sie hat uns alles beigebracht, was wir wissen müssen, denn ihr, beziehungsweise seitdem auch unser Heim, ist etwas ganz Besonderes! Es schwimmt auf dem Wasser, anstatt wie andere Häuser fest an Land zu stehen. Doch, das könnt Ihr mir ruhig glauben, es ist nämlich ein Hausboot und liegt auf einem schmalen Kanal, mit einigen anderen Hausbooten zusammen. Diese Art zu wohnen ist in Holland gar nicht so selten. Unser Land ist nämlich von ganz vielen größeren und kleineren Kanälen und Grachten durchzogen. Unser Hausboot ist nicht klein, und hat natürlich einen Schlafraum für Lievke und Japie, eine Küche, ein gemütliches Wohnzimmer und überhaupt alles, was sonst noch dazu gehört. Eine Sonnenterrasse hat unser Hausboot, und sogar so etwas wie einen Garten hat Lievke achtern angelegt. Da stehen ganz viele, große Kübel mit Grünpflanzen, und dazwischen steht ein Tisch mit mehreren Sesseln und zwei bequemen Liegestühlen. Da kann man sich im Sommer prima ein geschütztes Plätzchen suchen, und sich die Sonne auf den Pelz scheinen lassen, das tun Tineke und ich oft. Es ist eigentlich wie jedes andere Wohnhaus auch, nur steht es nicht fest, sondern schwimmt. Das ist eine praktische Sache, weil wir damit kreuz und quer durch die Kanäle im ganzen Land herum schippern können, um Ausflüge zu machen, wenn Japie und Lievke das wollen. Dann schaukelt es gelegentlich allerdings noch etwas mehr als üblich. Das merken wir vor allem dann, wenn im Herbst und Winter die Stürme toben. Man muss schon seefest sein, aber wir sind ja alle daran gewöhnt, dass unser Haus ständig ein bisschen wackelt, das haut uns nicht um. Im Gegenteil, wir finden es dann meistens erst recht gemütlich auf unserem schönen Hausboot!

Ab und zu gehen wir auch mit Japie und Lievke von Bord, um einen Spaziergang zu machen, wenn das Wetter gut ist. Wir sind daran gewöhnt, in ihrer Nähe zu bleiben - auch ohne Leine, so wie die meisten Hunde. Aber so etwas haben wir zwei, die Gretje und auch Tineke, doch gar nicht nötig. Die Leute staunen manchmal darüber, wenn wir ihnen begegnen, und viele fragen dann nach unserer Herkunft oder unseren Namen. Einige streicheln uns auch, aber Leckerlis dürfen wir nur von Japie oder Lievke annehmen. Das hat sie uns zuallererst beigebracht, denn nicht alle Leute sind Katzenliebhaber, so sagt Japie, deshalb sollen wir bei Fremden vorsichtig sein.

Im Alltag ist das ganze Hausboot unser Revier und ein toller Abenteuerspielplatz zugleich. Wir müssen nur aufpassen, dass wir bei unseren Jagden oder Klettertouren nicht über Bord gehen, dann wird's gefährlich! Das ist nämlich im Eifer des Gefechtes tatsächlich einmal passiert. Da saßen wir mit Japie und Lievke auf der Terrasse, und dann hatten wir auf einmal Lust Fangen zu spielen.

„Los Gretje, fang mich doch", juchzte Tineke, und schon rannte sie los. Ich natürlich hinterher, aber kurz bevor ich sie erwischt hatte, war sie auf die Reling gesprungen, und dabei zu nah an den äußeren Rand des Bootes gekommen. Einen Augenblick lang versuchte sie noch darauf zu balancieren, aber dann konnte sie sich nicht mehr festhalten. Mit einem lauten „Klatsch" plumpste sie ins Wasser. Zum Glück hatten Japie und Lievke uns beim Spielen beobachtet. Der tapfere Japie sprang gleich hinterher, und hat es gerade noch geschafft Tineke zu retten, während Lievke und ich aufgeregt an der Reling standen und zugeschaut haben, wie er dort unten mit

Tineke auf dem Arm rumpaddelte. Als Japie wieder ins Boot kommen wollte, hat er zuerst die pitschnasse Tineke unserer Katzenmama Lievke in den Arm gedrückt, bevor er selbst wieder an Bord geklettert ist.

Diese Geschichte hat uns allen einen tüchtigen Schrecken eingejagt! Lievke hat erst mal Tineke trocken geföhnt, während Japie sich umzog. Außerdem durften wir den Rest des Tages nicht mehr raus. Seitdem sind wir doppelt vorsichtig, wenn wir draußen spielen und toben. Der Kanal ist zwar nicht tief, sagt Japie, aber um eine kleine Katze darin ersaufen zu lassen, langt es allemal. Das wollen wir natürlich nicht noch einmal riskieren! Dazu gefällt uns unser schönes, ungewöhnliches Leben hier viel zu gut.

Wolle

Mein Katzenpapa Olli ist ein Lebenskünstler, so wie ich auch. Er ist von Beruf Musiker, auch das haben wir beide gemeinsam - ich habe nämlich ebenfalls verschiedene Tonlagen zur Verfügung. Olli hat sogar schon mal ein Musikstück für mich ganz allein komponiert - in W-Dur, wie er sagt. Hörte sich wie echte Katzenmusik an, wenn ich ehrlich bin. Olli ist immer noch ein großer Fan vom alten Mozart, Ihr wisst schon, dem Wolfgang Amadeus. Der war damals zu seinen Lebzeiten ein Megasuperstar, so würden wir das heute wohl bezeichnen. Durch diesen Wolfgang habe ich meinen Namen bekommen, aber einfach „Wolle" ist inzwischen zeitgemäßer finden Olli und ich. Stellen Sie sich mal vor, Sie sollten sich hinstellen und laut nach Ihrem Kater rufen: „Wolfgang Amadeus, komm nach Hause!" Na, ich denke, der würde Ihnen was husten anstatt gleich zu kommen und die Nachbarn möglicherweise noch dazu. Aber, wenn Olli mich Wolle ruft, darauf höre ich - meistens jedenfalls. Da ich eine Katzenklappe habe, kann ich sowieso kommen und gehen wie ich möchte, das ist wirklich eine praktische Sache.

Ich bin ein glücklicher Kater, nicht nur deshalb weil mein Fell dreifarbig ist, wir Katzen mit dieser Zeichnung gelten ja alle als Glückskatzen.

Aber das ist nicht der Grund, warum ich mich so wohl fühle, nein, ich habe ein tolles Leben hier an Ollis Seite. Er ist mein allerbester Freund, und sorgt immer so gut er nur kann für mich. Bei seinen unregelmäßigen Einkünften ist das gar nicht einfach. Er nimmt sich wirklich viel Zeit für mich, und am allerliebsten haben wir beide es ohnehin, wenn wir uns auf die faule Haut legen können. Dafür steht im Wohnzimmer ein sehr bequemes, breites Sofa, darauf liege ich sehr gern - alle Pfötchen von mir gestreckt, und dann darf Olli sogar meinen Bauch kraulen - ah, das genieße ich!

Wir beide wohnen übrigens in einem alten Fachwerkkotten. Wenn Olli erst mal berühmt geworden ist und viel Geld hat, dann will er unser altes Haus ganz toll renovieren. So wie ich das momentan sehe, kann das allerdings noch eine ganze Weile dauern. Derzeit sind wir schon froh, dass er endlich die undichte Stelle im Dach reparieren lassen konnte. Andere Möbel wollte er sich ja auch schon länger anschaffen, aber es ist erst mal bei einem neuen Couchtisch fürs Wohnzimmer geblieben. Na ja, Künstler und das liebe Geld, das war schon immer so eine Sache! Manche malen, andere schreiben, und mein Lebenskünstler macht eben Musik. Er hat sogar eine eigene Band, mit der an den Wochenenden, gelegentlich zumindest, auftritt. Von irgendwas müssen wir beide ja leben. Wenn mal wieder eine finanzielle Flaute ansteht, dann merke ich das an meinem Fressnapf, der wird dann auch nicht mehr so regelmäßig frisch gefüllt, wie ich es gern habe. Notfalls kann ich mir ja selbst helfen und auf die Jagd gehen. Eine fette Maus verschmähe ich sowieso nicht, wenn mir unverhofft eine über den Weg läuft. Als es vor kurzem mal wieder einen Engpass bei uns gab, da habe ich Olli auch eine mitgebracht, aber die wusste er gar nicht zu schätzen. Na ja, musste er eben weiter Kohldampf schieben! Wer nicht will, der hat, dachte ich, und seither beglücke ich ihn nicht mehr mit solchen Geschenken. Olli hat mir allerdings später erklärt, dass für Menschen vieles unverträglich ist, was wir gern mögen. Das habe ich verstanden und war dann auch nicht mehr beleidigt.

Ich erwähnte es ja schon, dass wir hier ein schönes und freies Leben haben. Abwechslung haben wir sowieso genug, weil Olli oft Leute mitbringt. Ab und zu natürlich auch mal ein Mädchen, aber keine ist bisher länger geblieben als ein paar Tage.
„Die wollen alle selbst gut versorgt werden und nicht auch noch einen brotlosen Künstler mit durchziehen", so hat sich Olli neulich etwas wehmütig geäußert. Aber lange hat er der nicht nachgetrauert, denn im Grunde gefällt ihm unser reiner Männerhaushalt genau so gut wie mir.

Seit einigen Tagen passiert hier allerdings beinah täglich etwas sehr Eigenartiges. Ich habe die Angewohnheit, immer ein paar Körnchen im Napf stehen zu lassen, für alle Fälle. Jetzt ist es bereits mehrfach vorgekommen, dass mein Fressnapf blitzblank gefegt war, wenn ich nach einer Weile wieder daran vorbei kam. Da geht doch was nicht mit rechten Dingen zu - Olli vergreift sich nie an meinem Futter, das weiß ich genau! Ich glaube, es ist am besten, wenn ich mich nach dem Frühstück mal auf die Lauer lege, anstatt wie gewohnt erst mal draußen eine Runde zu drehen.

Ich habe das Rätsel gelöst! Nachdem ich satt war, habe ich mich hinter dem Sofa versteckt und abgewartet was passieren würde. Von da aus konnte ich meinen Futterplatz gut im Auge behalten. Eine ganze Weile tat sich gar nichts, aber dann kam auf leisen Pfötchen eine zierliche Katzendame vorsichtig angeschlichen. Immer wieder sah sie sich ängstlich um, aber sie hat mich nicht bemerkt. Natürlich habe ich mich dabei ganz mucksmäuschenstill verhalten, um sie nicht zu erschrecken. Als sie sich endlich unbeobachtet und sicher fühlte, ist sie regelrecht über meine restlichen Körnchen hergefallen. Die Arme, ganz mager war sie, aber trotzdem eine echte Schönheit, das habe ich gleich gesehen. Dunkelgrauer Pelz, hier und da von hellen Streifen durchzogen und das letzte Schwanzende war wieder ganz dunkel. Die Vorderpfoten hell bis zum Bauchansatz, die hinteren zwar auch hell, aber nicht ganz so hoch. Dazu einfach wunderschöne grüne Augen, ich war schon auf den ersten Blick ganz hingerissen von ihr! Wo dieses hübsche Katzenmädchen wohl zuhause ist? Oder hat sie womöglich gar keins? Daran dachte ich, als ich sah, wie gierig sie meine übrig gebliebenen Körnchen verschlang.

Erst mal habe ich sie in Ruhe gelassen, aber als der Napf leer war, und sie wieder weg huschen wollte, da habe ich mich doch bemerkbar gemacht. Zunächst war sie tüchtig erschrocken, als ich aufgetaucht bin, aber sie hat schnell gemerkt, dass ich ihr nichts tun wollte, im Gegenteil! Nein, eine eigene Familie hat sie nicht, sie ist eine Streunerin, das habe ich rausgefunden. Aber wo ich satt werde, da kann bestimmt auch noch eine Katze mit unterschlüpfen, das hoffe ich jedenfalls. Ich werde sie mal Olli vorstellen. Vielleicht sollten wir beide doch darüber nachdenken, der holden Weiblichkeit eine neue Chance zu geben. Mein Namensgeber hätte sicher dafür gestimmt, denn er soll zu seiner Zeit den Damen auch nicht abgeneigt gewesen sein. Also, ich wäre absolut dafür!

Lilith

Es ist leider nicht zu leugnen, ich war früher eine Streunerin, das ging damals nicht anders, weil ich kein Zuhause hatte. Jetzt habe ich aber bei Olli und seinem Kater Wolle ein Heim gefunden, und etwas Besseres hätte mir nicht passieren können! Als ich damals immer Wolle`s Reste aus seinem Futternapf gefressen habe, und er mich dabei erwischt hat, bekam ich zuerst mal einen tüchtigen Schreck, aber der Wolle hatte viel Verständnis für mich. Sein, nein jetzt unser Katzenpapa, Olli ist ein total gutmütiger Kerl, und er hat mich auch sofort akzeptiert, als er mich sah.

„Wenn Du willst, dann kannst Du bleiben", hat er zu mir gesagt. Klar wollte ich, auch noch, als mir Wolle anvertraut hat, dass es bei Olli und ihm nicht immer so üppig zugeht, und ab und zu schon mal Ebbe in der Kasse ist. Das merkt Wolle dann auch in seinem Fressnapf. Aber ich fand das immer noch besser als mich weiterhin allein durchschlagen zu müssen, außerdem gefiel es mir hier auf Anhieb. Nach einigen Tagen, als auch für Olli feststand, dass ich bleiben wollte, da hat er über einen schönen Namen für mich nachgedacht, und dabei ist ihm dann Lilith eingefallen. Das klang gut und ausgefallen, fand ich, und deshalb habe ich mich schnell daran gewöhnt so gerufen zu werden.

Seitdem ist unsere Familie tüchtig gewachsen, denn kurz nach mir ist Ollis Freundin Jessica bei uns eingezogen, und auch Wolle und ich haben Nachwuchs bekommen. Drei ganz entzückende Katzenbabys haben wir in die Welt gesetzt, und die sind inzwischen schon tüchtig gewachsen. Zwei davon, die beiden weiblichen Kitten, haben ein anderes Zuhause gefunden, aber den frechen kleinen Kater, der mir so ähnlich sieht, den wollte Jessica gern selbst behalten.

Da Olli ihr keinen Wunsch abschlagen kann, ist er bei uns geblieben. Wolle und mich hat es natürlich sehr gefreut, wenigstens eines unserer Kinder behalten zu können. Olli wollte den Kleinen ja Beethoven nennen, er hat es nun mal mit der Musik, aber Jessica hat sofort dagegen protestiert. Sie hat sich stattdessen für den schönen Namen Rudi entschieden, weil der kurz und bündig ist, und man ihn auch gut rufen kann, so hat sie ihre Wahl begründet. Außerdem sollte es ja auch mehr oder weniger ihr Kater sein, da durfte sie auch seinen Namen aussuchen.

Der Kleine entwickelt sich weiterhin prächtig, aber wir haben schnell gemerkt, dass er, trotz seiner Jugend, schon sehr eigenwillig ist. Ein richtiger Dickkopf – das muss er von seinem Vater mitbekommen haben! Wolle und ich sind natürlich trotzdem sehr stolz auf ihn. Er ist topfit, kennt keine Angst, klettert auf die allerhöchsten Bäume im Garten und flitzt den ganzen Tag wie ein Irrwisch durch das ganze Haus ohne müde zu werden. Wenn man nicht ständig auf ihn aufpasst, dann macht er am laufenden Band nur Dummheiten. So wie vor einigen Tagen, da ist er an den nagelneuen Vorhängen, die Jessica selbst genäht hat, hochgeklettert. Dabei haben sich seine Krallen an einer Stelle festgehakt, und dadurch ist ein Loch entstanden. Rudi ist darin hängen geblieben, und er hat tüchtig gezappelt um sich zu befreien, dabei ist der Stoff gerissen, und Rudi ist runter gefallen. Zu seinem Glück konnte Jessica die Stelle wieder flicken, und wenn man es nicht weiß, dann ist es nicht zu sehen, so gut ist ihr das gelungen. Sie ist wirklich sehr geschickt, unsere Jessica!

Regelrecht verfressen ist Rudi leider auch. Wolle meint, wenn er ausgewachsen sein wird, dann gibt sich das – wollen wir das mal hoffen. Vorerst probiert er alles was nicht niet- und nagelfest ist, wie Olli sagt. Er knabbert einfach alles an, was in seiner Reichweite ist. Vor allem ist er eine echte Naschkatze, nein besser ein Naschkater. So hatte Jessica vor einiger Zeit eine große Portion Schokoladenpudding gekocht, den mag Olli nämlich so gern. Die gefüllte Puddingschüssel hatte sie zum Abkühlen auf den

Küchentisch, direkt vor das offene Fenster, gestellt. Das hatte Rudi spitz bekommen, und deshalb wollte er, von der Fensterbank aus auf den Tisch springen, um zu schauen was da stand und so verlockend roch. Er hatte sich dabei allerdings etwas verschätzt, und statt auf dem Tisch zu landen, ist er mit einem großen Satz mitten in die Schüssel hinein gesprungen! Zu seinem Glück stand der Pudding bereits eine Weile dort und war deshalb nicht mehr so schrecklich heiß. Ich darf gar nicht daran denken was sonst alles hätte passieren können! Vor lauter Schreck wollte er sich dann ganz schnell von dem weichen, klebrigen Zeug befreien und wieder auf den Fußboden hüpfen, dabei hat er gleich die ganze Glasschale mitgerissen. Das war eine schöne Bescherung! Durch den Krach angelockt, sind Wolle und ich natürlich sofort in die Küche gestürzt, um nachzusehen was passiert war. Da saß unser Rudi auf dem Fußboden, inmitten der Glasscherben und war voll mit Schokopudding bekleckert. Er versuchte zwar sofort, sich sein Fell wieder zu säubern, aber ohne viel Erfolg. Fast gleichzeitig mit uns war auch Jessica in die Küche gekommen, und eigentlich hätte sie unseren Naseweis sofort tüchtig ausschimpfen müssen. Aber sie hat nur gelacht und war ihm nicht böse, sondern froh, dass er sich nicht verbrüht hatte. Sie hat die Schweinerei ohne Murren beseitigt, und dann noch einmal, für Olli und sich, neuen Pudding gekocht.

Später habe ich mir Rudi aber doch noch einmal richtig vorgeknöpft! Er muss doch lernen, dass man nicht einfach immer kopflos auf alles losstürmen darf. Er war tatsächlich ein bisschen zerknirscht und hat auch Besserung gelobt, aber das wird natürlich nicht lange anhalten, so wie ich meinen Sohn kenne.

Deshalb war er auch neulich für einige Stunden im Schrank eingesperrt. Er ist ja sooo neugierig, der Rudi! Jessica und Olli waren zu einer Feier eingeladen, und zu diesem Anlass wollte Jessica sich besonders chic machen. Deshalb stand sie eine Weile total unschlüssig vor ihrem großen Kleiderschrank, hat dies und jenes anprobiert, und konnte sich erst gar nicht entscheiden, welches ihrer vielen, hübschen Kleider sie anziehen wollte. Am Schluss hat Olli bestimmt, das sie das rote mit dem tiefen Ausschnitt nehmen sollte, weil er sie so gern darin sieht. In der Zwischenzeit hatte unser Rudi es sich ganz hinten im Kleiderschrank bequem gemacht, weil ihm die Modenschau zu lange dauerte. Dabei ist er dann eingenickt, und weil Jessica nicht gesehen hat, wie Rudi rein geschlüpft ist, hat sie den Schrank wieder geschlossen. Wir haben unseren Kleinen zwar vermisst und später auch gesucht, ihn aber natürlich nicht gefunden. Er stromert ja überall herum, deshalb haben wir uns vorerst noch keine Sorgen gemacht, Wolle und ich. Nur gut, dass Jessica so ordentlich ist, denn als sie nach Hause kam, hat sie sich gleich ausgezogen, und wollte ihr Kleid erst mal zum Auslüften auf einen Bügel hängen, dabei hat sie das leise Miauen von Rudi gehört. Das war sein Glück! Wer weiß, wie lange er sonst da drinnen hätte aushalten müssen. Er war wirklich völlig ausgehungert, und hat sogar zum Trost noch ein Leckerli von Olli bekommen. Wir hoffen, das wird ihm eine Lehre sein, denn Wolle und ich können ihn doch nicht zu jeder Zeit und Stunde im Auge behalten!

Nur gut, dass unsere Jessica so patent ist, das sagt Wolle auch. Er behauptet sogar, seitdem sie hier im Haus ist, da läuft alles viel besser als vorher. Sie hält das Haus in Ordnung, pflegt den Garten, sorgt dafür, dass Olli jeden Tag ein frisch gebügeltes Hemd anzieht, und hat überhaupt alles Wichtige in unserem Leben bestens im Griff! Wir werden alle wunderbar von ihr versorgt! Seitdem sie sich auch um Olli`s Termine kümmert, hat er sogar mehr Erfolg als vorher. Olli hatte früher ja schon öfter mal Freundinnen, aber die sind alle schnell wieder weg gegangen, weil sie Olli`s chaotisches Leben auf die Dauer nicht mit ihm teilen wollten, das weiß ich von Wolle. Aber mit Jessica hat Olli endlich das große Los gezogen, das meinen wir beide jedenfalls.

„Die soll bleiben – am besten für immer!", hat Wolle neulich verkündet, und das wünschen Rudi und ich uns natürlich auch.

Pia und Paul

Paul heiße ich, und bin der Bruder und Beschützer von Pia. Wir haben es gut, aber neulich ist unsere schöne, kleine Welt doch erst mal bedenklich ins Wanken geraten.

Stellt Euch vor, ich wache morgens auf, kontrolliere den Fressnapf und schaue dann aus dem Küchenfenster, und oh Schreck – unser Revier ist weg! Ehrlich, alles war mit einer hellen Decke zugedeckt, und man konnte nur noch die Bäume und Sträucher, die am Rand des Gartens stehen, einigermaßen erkennen. Die sind schon ziemlich groß und ragten aus der hellen Decke raus. Dann habe ich versucht, ganz schnell unseren Katzenpapa zu wecken. Er ist eine große Schlafmütze, deshalb war das gar nicht so einfach ihn wach zu kriegen. Darum konnte ich nicht nur liebevoll pfoteln, da hat er nur gebrummt, dass er gleich aufsteht, nein, da musste ich zu anderen Mitteln greifen, und habe ihn einige Male angestupst. Und schließlich meine raue Zunge als Waschlappen eingesetzt – in seinem Gesicht – das hilft immer! Dann endlich hatte ich ihn wach, und noch ganz verschlafen hat er dann endlich die Jalousie im Schlafzimmer hoch gezogen. Pia und ich haben währenddessen ganz laut gemaunzt und ihm zu erklären versucht, warum wir beide so aufgeregt waren. Dann konnte er es ja selber sehen, was los war, aber er war gar nicht erschrocken, im Gegenteil, der hat sich sogar gefreut!

„Der erste Schnee, pünktlich zu Weihnachten", hat er gerufen und ist gleich ins Bad geflitzt, um sich schnell anzuziehen. Wir dachten schon, er wäre krank geworden vor Schreck, so wie wir – fast jedenfalls. Der Appetit auf unser Frühstück war uns jedenfalls erst mal vergangen, Pia und mir.

Aber dann haben wir beobachtet, wie unser Katzenpapa rausgegangen ist. Der fand dieses helle Zeug ganz toll!

„Kommt raus, Ihr beiden", hat er uns zugerufen, als Pia und ich in der geöffneten Terrassentür standen und zugesehen haben, bis er wieder rein kam. Vorsichtig habe ich mich dann auch getraut erst ein Pfötchen, danach das andere, in diese komische Masse zu setzen. Unser Katzenpapa wollte sich kaputtlachen, über meine zaghaften Versuche rauszugehen. Nass war das Zeug, aber schön weich; tat gar nicht weh an den Pfötchen, wie ich es erwartet hatte. Ich bin dann einfach mitten rein gesprungen, nur mein Schwanz guckte noch raus – mutig, was? Das machte tatsächlich Spaß, hätte ich nie gedacht! War wie weiche Erde, und man konnte einfach drunter her laufen und Tunnel graben für die Mäuse, damit die auch weiterhin in unser Revier finden. Vielleicht kommen sie sogar bis an die Haustür, dachte ich dabei.

Kurz darauf hat sich Pia auch getraut, und sie fand es auch toll, nachdem sie sich ein bisschen daran gewöhnt hatte, nasse Pfötchen zu bekommen. Wenn es uns zu kalt wurde, dann sind wir eben wieder rein gegangen um da zu spielen.

„Das ist Schnee", hat unser Katzenpapa erklärt. Wir sind ja im Frühling geboren, Pia und ich, da war der Schnee schon lange wieder weg. Dann hat er uns auch noch erklärt, dass unser Revier immer noch da ist, und nur unter der nassen Schneedecke vergraben liegt. Wenn der Schnee wegtaut, dann erkennen wir es auch wieder. So war das also!

Einige Tage später, ist er dann mit einem großen, grünen Nadelbaum nach Hause gekommen. Der wurde dann da aufgebaut, wo sonst unser Kratzbaum steht, und der schöne Kratzbaum wanderte in eine andere Ecke der Wohnung, etwas abseits im Flur. Wir Katzen gewöhnen uns ja nicht gern um, und außerdem dachten Pia und ich erst, wir hätten einen zweiten, neuen Kratzbaum dazu gekriegt. So stabil wie der alte war der neue allerdings nicht. Das haben wir gemerkt, als wir daran hoch geklettert sind und in die grünen Zweige springen wollten. Pieksig waren die ja auch noch. Dann hat unser

Katzenpapa den neuen Kratzbaum auch noch mit vielen bunten Kugeln für uns geschmückt und am Schluss lange glitzernde Fäden daran gehängt. Aber als wir damit spielen wollten, da haben wir doch glatt was auf die Pfötchen gekriegt.

„Das ist ein Weihnachts- und kein Kratzbaum", hat er dazu gesagt. Konnten wir das denn wissen? Natürlich nicht, aber wir sind danach nicht mehr rein gesprungen. Jedenfalls nicht, wenn er im Zimmer war, nur ab und zu mal heimlich. Eine Kugel war unter dem Baum gekullert, und mit der haben wir auch gespielt, wenn er nicht hinsah. Nur diese langen Fäden, die haben wir alle vom Baum geholt, das hat Pia und mir sooo viel Spaß gemacht! Irgendwann hat er es dann aufgegeben, die immer wieder neu aufzuhängen. War besser so!

Überhaupt flog der Baum nach einigen Tagen wieder raus, und unser alter Kratzbaum stand wieder an seiner gewohnten Stelle. Eigentlich schade, wir hatten uns gerade an das grüne Piekding gewöhnt.

Kurze Zeit später war auch unser Revier wieder da, so wie wir es kannten. Aber bestimmt gibt es noch mal Schnee, dann können wir wieder darin rumtoben. Jetzt wissen wir ja Bescheid, Pia und ich. Wir mögen den Winter ganz gern, Ihr auch?

Hetta und Kilian

Meine Störchin und ich, wir sind früher im Herbst immer, mit vielen anderen Störchen zusammen, in unsere afrikanische Heimat zurück geflogen, um den Winter dort zu verbringen. Im Frühling sind wir dann regelmäßig hierher zurück gekehrt, um zu brüten und unseren Nachwuchs groß zu ziehen. Der Flug dorthin war jedes Mal eine sehr beschwerliche Reise. Dabei es gab immer einige von uns, die es nicht geschafft und unterwegs schlapp gemacht haben. Früher waren ja die Winter hier viel härter, da war das notwendig um zu überleben, inzwischen ist es längst nicht mehr so kalt, deshalb bleiben immer mehr Storchenpaare einfach hier. Dieser Ort ist jetzt unsere Heimat geworden, deshalb haben uns die Dorfbewohner sogar Namen gegeben. Hetta und Kilian werden wir von ihnen genannt.

Unser großes, gemütliches Nest auf dem hohen Schornstein wird jedes Jahr von uns neu hergerichtet, bevor wir daran denken, uns um den Fortbestand der Familie zu kümmern. Das kostet längst nicht so viel Kraft wie die Reise in den Süden, und deshalb haben wir uns gut damit arrangiert. Da unser Schornstein mitten im Ort steht, haben wir uns auch an die ständige Anwesenheit von vielen Menschen in unserer unmittelbaren Nähe gewöhnt. Wir thronen ja ohnehin weit über ihren Köpfen, außerdem sind die meisten froh, dass wir hier sind, von denen haben wir wirklich nichts zu befürchten. Weil wir Störche uns keinesfalls überall wohl fühlen, freuen sich die Menschen, wenn wir in ihrer Nähe nisten, und viele finden es auch interessant, unsere Kinderstube zu beobachten. Deshalb gibt es in einigen Nestern inzwischen sogar ganz kleine Kameras, damit die Leute unten auf einem Bildschirm sehen können, was oben im Nest geschieht. Das stört uns aber gar nicht, im Gegenteil, wir sind natürlich mächtig stolz auf unseren Nachwuchs, so wie alle Lebewesen.

In früheren Zeiten haben die Erwachsenen ihren Kindern sogar erzählt, dass wir den Menschen die Babys bringen, aber das ist natürlich nur ein Märchen. Das müssen sie schon selbst besorgen!

In unserer Gegend ist der Tisch für uns immer reich gedeckt, weil das Umland sehr ländlich ist. Außerdem gibt es ganz in der Nähe einen Kanal, der an beiden Uferseiten saftige, grüne Wiesen für uns bereithält. Das ist natürlich unser bevorzugtes Jagdrevier, und ein großes Moor gibt es zudem, das ist auch nicht sehr weit weg. Man nennt unsere Gegend den Mühlenkreis, weil es hier ganz viele Windmühlen gibt. Der Mühlenkreis ist inzwischen die Heimat vieler

Störche geworden. Es hat sich längst herumgesprochen, dass wir hier sehr gut leben können. Außerdem unterstützen uns viele Menschen, und einige haben sogar schon Nester für uns vorbereitetet, die wir dann annehmen können, wenn wir mögen. Natürlich müssen wir die erst noch ein wenig nachbessern und frisch auspolstern, aber das ist ja kein Problem. Federn, kleine Äste und Moos finden sich hier überall in Hülle und Fülle - es ist wirklich ein guter Ort zum Leben für uns Störche!

Wenn im Frühling endlich für uns die Brutzeit gekommen ist, dann legt mir meine Hetta im Durchschnitt zwei bis drei Eier ins Nest. Und damit beginnt eine anstrengende Zeit für uns beide. Während sie die Eier ausbrütet, bin ich es, der zunächst die Versorgung übernimmt. Sind die Jungen erst geschlüpft, dann reicht das nicht mehr aus, wenn ich allein die Schnäbel der Familie füllen soll. Dann wechseln wir uns ab, weil wir die Kleinen in den ersten Wochen nicht allein lassen können. Später, wenn sie etwas größer geworden sind, fliegen wir schon mal gemeinsam los, denn unsere Jungen haben ständig großen Appetit. Außerdem sollen sie ja möglichst schnell groß, stark und selbstständig werden. Das können sie aber nur, wenn sie nicht hungern müssen, und wir sie gut versorgen. Es ist doch unsere Pflicht als Eltern, uns gut um den Nachwuchs zu kümmern und sie auf ihr Leben vorzubereiten. Das ist bei uns Tieren nicht anders als bei den Menschen.

Ansonsten finden Hetta und ich manches was die Menschen so anstellen doch etwas merkwürdig. So verwandelt sich der breite Platz unter unserem Schornstein einmal im Jahr für drei Tage in einen bunten Jahrmarkt - mitten im Winter. Dann werden viele, bunte Buden aufgestellt, Karussells drehen sich zu Musik, und viele grüne Tannenbäume werden überall dazwischen aufgestellt. Manche davon sind sogar geschmückt mit Kugeln und Bändern. Alle, besonders die Kinder, sind fröhlich, feiern gemeinsam und essen und trinken viel. Allen Besuchern scheint dieses laute Treiben zu gefallen.

Wir mögen diesen Krach nicht besonders und verstehen den Grund dafür auch nicht, aber wir lassen sie gewähren. Viele schauen genau so verwundert zu uns hoch wie wir nach unten. Einige wissen ja nicht, dass wir den Winter über hier geblieben sind, die fragen dann schon mal, ob wir wirklich echt sind. Klar sind wir das! Ab und zu zeigen wir denen das auch und drehen eine kurze Runde, damit sie sich selbst davon überzeugen können. Aber überwiegend fliegen wir aus, wenn der Trubel sich gelegt hat oder ganz früh morgens, wenn die Menschen noch schlafen.

Wir wissen auch, dass jedes Jahr, nicht lange danach, noch einmal eine so verrückte Nacht kommt, in der wir besser in unserem sicheren Nest hocken bleiben. Dann schießen die Bewohner unseres Ortes sogar ganz viele, bunte und sehr laute Raketen in den Nachthimmel und gebärden sich überhaupt vollkommen närrisch. Dazu kommen viele raus aus ihren Häusern, sie tanzen, küssen und umarmen sich auf der Straße und schauen nach oben. Alle jubeln laut und freuen sich über jede Rakete, die in den Himmel steigt. Menschen eben - die werden wir wohl nie wirklich verstehen!

Mäusje

Also, wenn Ihr mich fragt, dann passt mein Name eigentlich gar nicht zu mir; ich bin nämlich eine grauweiß gescheckte Katze. Noch dazu habe ich den Mut einer Löwin, wenn es sein muss jedenfalls - und dann heiße ausgerechnet ich Mäusje! Dabei habe ich in meinem Leben ganz sicher schon viel mehr Mäuse aufgestöbert und gefressen als Ihr alle zusammen, wollen wir wetten?

Mein Katzenpapa Markus fand es wohl witzig, mich so zu nennen, weil ich damals, als ich zu ihm kam, noch so winzig war, aber jetzt habe ich diesen Namen weg und werde ihn einfach nicht mehr los - Mäusje eben!

Aber sonst kann ich mich wirklich nicht über ihn beklagen, ganz im Gegenteil! Er versteht und verwöhnt mich nach Kräften, und er weiß auch meine Liebesbeweise ihm gegenüber durchaus zu schätzen. Er hat sogar schon mal eine seiner blöden Freundinnen meinetwegen in die Wüste geschickt, wie man so sagt. Das war aber auch eine dumme Nuss; Hunde ja, die mochte sie angeblich - ausgerechnet! Gegen Katzen hatte sie was und gegen mich sowieso! Ich sollte am besten gar nicht mehr ins Haus, ich mache zu viel Schmutz und, und, und..., immer hat sie gemeckert und gegen mich gestänkert! Dabei habe ich wirklich guten Willen gezeigt und ihr sogar mal eine fette Maus mitgebracht, die zappelte nur noch ein bisschen. Aber anstatt sich zu freuen, hat sie gleich los gebrüllt, wie barbarisch ich doch sei, und noch ganz viele andere unfreundliche Sachen hat sie dann auch noch raus gelassen. Das war es sogar meinem lieben Katzenpapa Markus zu viel!

„Mäusje bleibt, Du gehst!", hat er kategorisch gesagt, und gleich danach den ganz großen Koffer für ihre Sachen vom Speicher geholt.

„Wie Du willst, wenn Du eine Katze mehr liebst als mich, bitte!", hat sie gefaucht und sich den Koffer geschnappt. Das habe ich ganz genau gehört, bevor ich mich erst mal für eine Zeitlang nach draußen verzogen habe. Ich habe ihr jedenfalls keine einzige Träne nachgeweint, mein Katzenpapa schon, glaube ich wenigstens. Aber ich fand es wirklich mutig von ihm, sich ihr entgegenzustellen - für mich! Das hätte bestimmt nicht jeder getan!

Aber es hat nicht lange gedauert, da hatte er eine neue Freundin, und die ist ja zum Glück katzentauglich! Hatte gleich ein feines Leckerli für mich in der Handtasche und wollte mich auch streicheln, aber da bin ich vorsichtshalber doch lieber erst mal stiften gegangen. Man weiß ja nie, so leicht erobert man mein Löwenherz nun doch nicht. Erst mal musste ich testen, ob sie es auch wirklich ernst meint mit uns beiden, dem Markus und mir. Doch meinte sie, das habe ich schnell rausgefunden, und den ultimativen Mäusetest, den hat sie prima bestanden! Gabi hat sich nicht aufgeregt, als ich sie, beim zweiten Treffen, mit einer Maus beglückt habe, im Gegenteil. Sie hat mich tüchtig dafür gelobt, und genau so muss es schließlich sein. Die ist richtig, die behalten wir, habe ich zu Markus gesagt. Tja, und so ist es dann auch gekommen. Sie ist zu uns gezogen, und will für immer bleiben, sagt sie. Darüber freue sogar ich mich, so wahr ich Mäusje heiße!

Matti

Eigentlich heiße ich Matti, nach Matthäus, dem Evangelisten, aber im Dorf kennt man mich vorwiegend als „den Pastorenkater." Was der Matthäus vor langer Zeit aufgeschrieben hat, findet mein Katzenpapa nämlich besonders gut. Ihr könnt das auch alle nachlesen, in dem dicken Schinken, der Bibel heißt. In dem liest mein Katzenpapa ganz oft, wenn er seine Predigten vorbereitet. Aber wie gesagt, hier im Dort kennen mich fast alle nur als den Pastorenkater. Nicht nur, weil ich mit meiner Familie im Pfarrhaus wohne, sondern, weil ich genau so aussehe, wie mein Katzenpapa am Sonntag oder an den anderen Tagen, an denen er arbeitet. Dann trägt er auch immer schwarz mit einem weißen Beffchen am Hals, wenn er in der Kirche predigt. Das ist sozusagen seine Dienstkleidung, die hat er auch an, wenn er Leute miteinander verheiratet oder jemand aus der Gemeinde verstorben ist. Er besucht alte und kranke Gemeindemitglieder und kümmert sich um ganz viele andere Dinge. Dabei helfe ich ihm so gut ich kann, jedenfalls seitdem wir hier wohnen. Als die Familie noch in der Stadt gelebt hat, da ging das nicht. Das ist allerdings so lange her, daran erinnere ich mich kaum noch, damals war ich ja auch noch ganz klein. Außerdem finde ich es hier, in unserem kleinen Dorf viel schöner, weil ich nach draußen darf, wann immer ich mag. Ich habe sogar einen eigenen Eingang, durch meine Katzenklappe kann nur ich reinkommen. Für andere Katzen bleibt sie verschlossen, weil ich einen Chip gekriegt habe. Deshalb geht die von ganz allein auf, wenn ich komme. Das mit dem Chip ist eine gute Sache, und hat fast gar nicht weh getan, als ich das Ding unter die Haut eingepflanzt bekommen habe.

Mein Katzenpapa heißt übrigens Daniel, seine Frau ist meine Katzenmama Helke, und die Kinder der beiden sind David und Esther. Wir wohnen alle in dem alten Pfarrhaus, direkt neben dem Friedhof und der kleinen, alten Kirche. Das ist eine Warftkirche, wie es heißt, weil sie auf einem Hügel erbaut worden ist. Hier, in der Nähe des Meeres, haben die Leute früher Schutz in der Kirche gesucht, wenn es Sturmfluten gab und alle Angst haben mussten, die Deiche würden nicht halten, und das Wasser könnte bis ins Dorf laufen. Unsere schöne Kirche ist im Lauf der vielen Jahre schon ganz schief geworden. Manchmal habe ich direkt Angst, sie kippt um und fällt mir womöglich noch auf den Schwanz. Aber Daniel meint, sie hat schon so viele Jahre auf dem Buckel, da wird sie uns alle sicher noch überleben, und wir sollen doch einfach mehr Gottvertrauen haben! Na ja, …

Mit der Kirche unserer Nachbargemeinde sieht es nicht viel besser aus. Die ist auch ziemlich alt, und unser Familienvorstand muss sich um beide Gemeinden kümmern. Deshalb predigt er am Sonntagmorgen abwechselnd mal hier zuhause und mal in der Nachbarschaft. Er hat viel zu tun, und ich helfe ihm dabei, so gut ich eben kann. Wenn er hier bei uns im Dorf jemanden besucht, dann laufe ich immer mit. Wenn es für uns zu Fuß zu weit ist, dann nehmen wir sein Fahrrad. Extra für mich hat er hinten, auf dem Gepäckträger, ein Körbchen montiert, darin liegt ein schönes, weiches Kissen. Wenn er das Rad aus dem Schuppen holt und fragt: „Matti, willst Du mit?", dann bin ich meistens ganz schnell zur Stelle und springe mit einem Satz in mein Körbchen. Wenn ich mal nicht da bin oder keine Lust habe mitzukommen, dann sind die Leute oft enttäuscht. Das weiß ich genau, deshalb richte ich es in der Regel so ein, dass ich mitgehen kann. Vor allem die kranken Leute, die nicht aus dem Haus kommen, die freuen sich immer ganz besonders, wenn wir beide sie besuchen, um ihnen Kraft und Trost zu spenden. Auch dafür ist ein Pastor zuständig, wie Daniel immer sagt. Klar, ab und zu fällt dabei für mich auch ein Leckerchen ab, aber glaubt nicht, dass ich es nur deshalb tue – nein, ich bin ein Pastorenkater, das verpflichtet!

Wenn die Kirche sauber gemacht oder für ein besonderes Fest geschmückt wird, dann bin ich auch oft dabei und schaue zu, ob die Frauen auch alles richtig machen. Wenn am Sonntagmorgen die Glocken zum Gottesdienst läuten, dann schlüpfe ich mit in die Kirche. Da hinten, in der Nähe der Kanzel, dort habe ich meinen Stammplatz. Von da aus kann ich alles prima mitkriegen, ohne selbst von den Besuchern des Gottesdienstes gesehen zu werden, obwohl die meisten wissen, dass ich da bin. Solange ich nicht störe und mich ganz still verhalte, darf ich das auch. Ab und zu heiraten ja mal Leute, dann wird die Kirche besonders schön geschmückt, das lasse ich mir nur ganz selten entgehen. Manche wünschen sich sogar, dass ich auf jeden Fall dabei bin – als Glücksbringer für das junge Paar!

Fast noch schöner finde ich allerdings Weihnachten, denn dann steht immer eine ganz hohe Tanne, die mit Strohsternen und echten Kerzen geschmückt ist, direkt neben dem Altar. Die ist viel größer, als der Weihnachtsbaum in unserem Wohnzimmer im Pfarrhaus. Aber die Weihnachtsbäume soll ich in Ruhe lassen, das hat mir Helke eingebläut! Die Tannen in den Häusern stehen nicht so fest, wie die im Garten oder im Wald. Außerdem pieksen die so tüchtig, da fällt es mir gar nicht schwer, sie in Ruhe zu lassen. Wenn die echten Kerzen, die in den beiden schweren Leuchtern, die an der Decke hängen, dann auch noch angesteckt werden, und die ganze Kirche in ihrem warmen Licht hell erstrahlt, dann finde ich das ganz besonders feierlich! Am Heiligen Abend freuen sich darüber alle Menschen, und vor allem die Kinder sind ganz aufgeregt, unsere beiden natürlich auch! Wenn Daniel dann beide Gottesdienste hinter sich hat, können wir endlich auch Weihnachten feiern. Dann gibt es immer besonders gutes Essen, und alle kriegen alle ein Geschenk – ich auch!

Aber im letzten Jahr, zum Erntedankfest, da gab es einen kleinen Zwischenfall, den werden wir alle sicher nicht so schnell vergessen. Wie jedes Jahr, hatte meine liebe Katzenmama Helke, mit Esther, David und einigen anderen Helfern, die Kirche schön geschmückt und auch an jede Kirchenbank ein Erntesträußchen gebunden. Vor den Altar haben sie sogar extra dafür einen riesengroßen, schweren Strohballen gewuchtet. Darauf wurde dann das gespendete Obst und Gemüse schön hingelegt. Alles war wie immer an diesem Tag. Die Kirche war rappelvoll, wie sonst nur zu Weihnachten, die Orgel dröhnte, und ich saß wieder auf meinem gewohnten Platz hinter der Kanzel, als ich eine Bewegung wahrnahm. Konnte das denn wahr sein? Da lugte doch glatt eine winzige Maus hinter dem Strohballen hervor. Außer mir dürfen keine andern Tiere in unsere Kirche; und ich darf das auch nur mit einer Sondergenehmigung. Schließlich bin ich der Pastorenkater! Einen kleinen Augenblick habe ich gezögert, aber dann bin ich los geprescht, hinter der Maus her. Na warte, Dir will ich helfen, dachte ich dabei. Außer mir hatten auch einige Kinder, ganz vorn in der ersten Bank, die Maus entdeckt, und ein kleines Mädchen fing sofort an zu kreischen. Danach brach ein fürchterlicher Tumult los.

„Eine Maus, Hilfe, eine Maus!", schrien mehrere Frauen, und einige wollten sogar auf die Bänke steigen, wurden aber von ihren Männern daran gehindert. So benimmt man sich doch nicht in der Kirche, meinten sie. Stimmt ja auch, die sollen sich bloß nicht so anstellen, nur wegen einer blöden Maus! Mit der werde ich doch allemal fertig. Die Maus war bestimmt sehr verängstigt, allein schon von dem Krach und ziemlich clever war sie auch, das muss ich, wenn auch ungern, zugeben. Der Organist hörte auf zu spielen, die Maus rannte kreuz und quer durch die Kirche und ich und einige Jungs hinterher, das war ein Spaß! Es hat eine ganze Weile gedauert, aber am Ende habe ich sie natürlich zur Strecke gebracht und mir die Maus geschnappt. Damit war die Sache erledigt, und alle konnten sich beruhigen und sich wieder hinsetzten. Ich habe dann meine Beute vorsichtig ins Mäulchen genommen und bis ganz nach vorn gebracht, direkt zu dem Obst und Gemüse habe ich sie gelegt, sozusagen als meinen Beitrag zu dem Erntedankfest. Alle haben gelacht und fröhlich Beifall geklatscht, als ich den breiten Mittelgang zwischen den Bänken hindurch marschiert bin. Unter uns, ich glaube, Helke, meine liebe Katzenmama, war nicht gerade begeistert, sie guckte so komisch. Später hat auch mein Katzenpapa Daniel noch mit mir geredet und mir erklärt, dass ich so was nicht wieder machen darf. Sollte sich jemals wieder eine Maus in unsere Kirche verirren, dann soll ich Gnade vor Recht ergehen und sie in Gottes Namen laufen lassen. Die kriegt dann Kirchenasyl, und ich Ärger, und darf nicht mehr mit in die Kirche, wenn ich mich nicht daran halten sollte.

Ob er das wirklich ernst gemeint hat?

Bonnie

Ich bin ein Maikätzchen, also ein Frühlingskind, und als ich zur Welt kam, da war es bereits schön warm. Vielleicht liebe ich deshalb den Duft der Blumen und die Wärme auch so sehr. Wenn ich morgens aufwache, dann zwitschern schon die Vögel in den Bäumen, und auch am Boden erwacht das Leben. Nur meine Menschen, die schlafen meistens noch eine Runde. Weil ich sie dann noch nicht unnötig aufwecken möchte, laufe ich meistens allein nach draußen. Ich habe eine Katzenklappe, daher kann ich jederzeit kommen und gehen, wie ich möchte, das ist eine tolle Erfindung. An sehr warmen Tagen gehe ich gern zum Teich in unserem Garten. Dann spiele ich mit den Sonnenstrahlen, die sich silbrig im Wasser spiegeln oder schaue den tanzenden Libellen und Käfern hinterher. Auch die zarten Schmetterlinge mag ich sehr, aber sie fliegen immer so schnell fort, wenn ich auftauche, vielleicht haben sie Angst vor mir. Müssen sie nicht, ich tue keinem was, aber das können sie ja nicht wissen. Ist auch untypisch für uns Katzen, das weiß ich, aber ich bin eben so. Ich liebe und genieße mein friedliches Leben, genauso wie es ist.

Oh je, ich fürchte, meine beschauliche Ruhe ist dahin, denn nebenan sind Menschen mit einem großen Bagger angerückt, und die haben ein riesiges Loch in meine schöne Wiese gebuddelt. Da soll ein neues Haus gebaut werden, sagt Lotta, das ist meine Katzenmama, und dann kriegen wir Nachbarn. Na danke, wenn das schon mit so viel Krach los geht, dann möchte ich eigentlich gar keine neuen Nachbarn. Vor allem, was ist, wenn die womöglich keine Katzen mögen oder, noch schlimmer, sogar einen Hund mitbringen? Daran mag ich gar nicht denken, aber das Ganze ist nicht mehr aufzuhalten, egal was kommt, sagt Lotta. Ich glaube fast, sie ist auch nicht gerade begeistert von der Aussicht Nachbarn zu bekommen. Bisher sind wir hier immer ganz gut allein zurechtgekommen.

Jeden Tag ist jetzt auf der Baustelle was los. Wenn es mir zu laut wird, dann verkrieche ich mich in den hintersten Winkel im Garten, dort wo der Kompost steht.
„Irgendwann ist das Haus fertig, dann hört auch der Krach wieder auf", hat Lotta mich getröstet, und Till, das ist ihr Freund, der meint das auch. Till ist vor kurzem bei uns eingezogen, aber erst mal „auf Probe", wie Lotta sagt. Die beiden wollen testen, ob sie wirklich zusammen passen. Später werden sie dann vielleicht mal heiraten, ich glaube, das hofft Lotta zumindest. Mir egal, aber Till kann meinetwegen gern bleiben, er ist

ein netter Kerl, finde ich. Hat immer was Gutes für mich in seiner Hosentasche - der ist in Ordnung!

Jetzt ist der Sommer fast vorbei, und das neue Haus ist so gut wie fertig. In einigen Wochen wollen die neuen Nachbarn einziehen, sagt Till. Die waren inzwischen schon ein paar Mal hier, um zu sehen, wann sie endgültig hier wohnen können. Lotta und Till meinen, das sind nette Leute. Na, mal sehen, ob ich das bestätigen kann.

Heute Morgen ist in aller Frühe ein riesengroßer Möbelwagen vorgefahren. Wenig später kam das kleine, blaue Auto, das ich in letzter Zeit schon öfter hier gesehen habe, auch hinterher. Ein Paar stieg aus, beide sind etwa so alt wie Lotta und Till, schätze ich. Natürlich bin ich neugierig und behalte alles aus sicherer Entfernung im Auge. Einen Hund haben die nicht dabei, so wie es aussieht, das ist ja schon mal gut! Ganz viele Möbelstücke und Kartons werden nach und nach ins Haus getragen. Am Schluss, und ich traue meinen Augen kaum, da holen sie aus dem blauen Auto auch noch eine Transportbox raus. Die sieht genau so aus wie meine, wenn ich zum Tierarzt gebracht werden muss. Wer da wohl drinstecken mag?

Am nächsten Tag weiß ich Bescheid. Wie immer, führt mein erster Gang in unseren schönen Garten. Vieles blüht derzeit darin nicht mehr, nur noch ein paar verspätete Astern. Die meisten anderen Stauden, die längst verblüht sind, haben Till und Lotta bereits abgeschnitten. Darin habe ich mich immer gern verkrochen, aber zum Glück wachsen sie ja im nächsten Frühling wieder. Aber was ist das? Mitten in einem der hohen, rosa gefüllten Asternbüsche, da bewegt sich doch etwas; ja und jetzt sehe ich auch ein paar leuchtende, grüne Augen, die mich zornig anblitzen. Vor Schreck bleibe ich wie erstarrt stehen und überlege, ob ich vorsichtshalber schon mal einen Buckel machen sollte.

Ich spüre förmlich, wie mein Schwanz langsam,

aber stetig, buschiger wird. Da, ein Satz und schon steht ein fremder Kater vor mir!
„Was willst Du denn in meinem Garten?", fauche ich ihn an.

„Dein Garten? Ich bin zwar neu hier, aber ein Revier will ich auch haben, und der Garten, den meine Leute anlegen wollen, der ist ja noch nicht fertig. Im nächsten Frühling wollen sie damit anfangen, und so lange kann ich nicht warten. Können wir uns bis dahin das Revier nicht teilen?", schlägt der Eindringling mir frech vor.
„Nein, das können wir nicht, Du bist hier der Neue, und Du musst Dich einfügen, nicht ich!", gebe ich böse zurück. Was denkt der sich denn eigentlich, ich bin echt sauer! Nur, weil er ein Kater ist, meint er die ganze Welt gehört ihm, aber nicht mit mir!
„Ist ja schon gut, ich dachte nur, weil Dein Garten doch so schön groß ist, kann ich auch ab und zu herkommen. Außerdem darfst Du dann demnächst auch in meinem Garten Mäuse fangen, wenn Du magst", verspricht er mir großzügig. In der Zwischenzeit habe ich ihn genauer unter die Lupe genommen, und was ich da sehe, das gefällt mir; fast gegen meine Willen. Der Neue ist schlank und hochbeinig, trägt schwarz und hat vor der Brust ein kleines, weißes Lätzchen, sowie weiße Stiefelchen. Ein hübscher Kerl ist er, das ist nicht zu leugnen.

Wenn er nur nicht so überheblich wäre, dann könnte er mir direkt gefallen. Aber vielleicht kann ich ihn ja mit der Zeit etwas zurechtstutzen. Also sage ich ganz vorsichtig: „Mal sehen, aber der Boss bin und bleibe ich, schließlich ist das mein Revier!"

„Ja, ja, ist klar, reg Dich ab", rudert er zurück und setzt hinzu „meine Süße!" Das bringt mich schon wieder auf die Palme! Aber eins ist klar, der wird länger bleiben, und wir müssen uns miteinander arrangieren. Kämpfen mag ich aber nicht mit ihm, also drehe ich mich erst mal um, und gehe mir einen anderen Platz suchen.

Am nächsten Vormittag sitzt er schon am Teich und wartet auf mich. Er ist wirklich hartnäckig, aber vertreiben lasse ich mich von meinem Lieblingsplatz ganz sicher nicht, also schlendere ich gemächlich hin und lege mich ein Stückchen weiter in die Sonne. Man muss diese letzten warmen Tage draußen genießen, finde ich. Langsam rückt er immer wieder ein kleines Stück näher zu mir heran, und ich tue zunächst, als ob ich es gar nicht bemerke. Solange, bis er direkt neben mir liegt, dann kann ich ihn beim besten Willen nicht mehr ignorieren.

„Hallo, ich bin übrigens Mohrchen", stellt er sich höflich vor.

„Ich heiße Bonnie", antworte ich, und dann sagen wir beide erst mal eine ganze Weile lang gar nichts mehr. Vielleicht ist es doch ganz gut, einen Freund zu bekommen, wer weiß. -

Rubino, der Luxuskater

Nein, so heiße ich natürlich nicht, aber meine Katzeneltern, David und Maike, müssen nicht auf den Cent schauen, zum Glück, und deshalb hat mich einer unserer Besucher so genannt, als er meine vielen Spielzeuge gesehen hat. Ich habe natürlich kein juwelenbesetztes Halsband oder womöglich sogar goldene Fressnäpfe, das nicht, aber ich bekomme das vom Tierarzt empfohlene, teure Futter und ganz bestimmt die allerbeste Pflege. Außerdem habe ich wirklich ganz viele Spielzeugmäuse, Bälle, mit und ohne Federn, und gleich mehrere Bettchen, die in der ganzen Wohnung verteilt aufgestellt sind. Von diesen Dingen habe ich wirklich genug, aber wisst Ihr, was ich mir viel mehr wünsche? Das ist etwas ganz anderes, nämlich, dass David und Maike mehr Zeit für mich hätten! Für wen eigentlich? Oh ja, ich habe Euch ja noch gar nicht verraten wie ich heiße – ich bin der Rubino. Maike ist auf diese Idee gekommen, mich so zu nennen, weil mein dunkelrot gestromter Pelz sie an ihre Lieblingsbrosche, die ist schon alt, und sie hat sie von ihrer Oma geerbt, erinnert. Diese Brosche ist mit roten Steinchen besetzt, und das sind Rubine.

Eines meiner Lieblingsstücke ist eigentlich eher ein Spielzeug für Maike – das ist ein kleiner

Staubsauger, der ganz allein in unserer Bude rumsaust und die Böden vom Schmutz befreit. Der fährt hin und her und ist dabei ganz leise. Als ich den zuerst gesehen habe, war ich völlig perplex über diesen tollen Haushaltshelfer. Anfangs hatte ich sogar Angst davor, aber dann siegte doch meine Neugier, und ich wollte mit ihm spielen. Aber das Ding wollte und wollte einfach nicht stehen bleiben. Also bin ich ihm schließlich kurzerhand auf seinen Rücken gesprungen und einfach ein paar Runden mitgefahren – das hat richtig Spaß gemacht! Das hat Maike gesehen und erst mal tüchtig gelacht, warum bloß? Was sie daran so komisch fand, das weiß ich bis heute nicht. Jedenfalls hat sie am nächsten Tag ein kleines, geflochtenes Körbchen aus dem Keller hervorgekramt, ein weiches Kissen rein gelegt, so viel Luxus musste schon sein, und mich dann noch mal reingesetzt. Dann durfte ich mit meinem neuen Freund wieder losfahren. Das fand ich ganz toll! David hat abends auch gestaunt, als ich für ihn noch mal eine Extrarunde gedreht habe, um ihm mein neues Spielzeug zu zeigen.

Seither helfen wir beide Maike immer beim Putzen, und das tue ich richtig gern. Ich habe ein gutes Katerleben, aber wie gesagt, meine Katzeneltern arbeiten ganz viel, und deshalb sind sie nicht so oft zuhause, wie ich das gern hätte.

Hurra, die große Katzengöttin hat meinen sehnlichsten Wunsch nach Gesellschaft erfüllt! Stellt Euch vor, heute Morgen kam David vom Joggen nach Hause, und er hatte ein winziges Babykätzchen mitgebracht. Weiß ist ihr Fell und hat einige dunkle Flecken, ich finde sie wirklich hübsch, mit ihrem pfiffigen, kleinen Gesichtchen und den hellgrün leuchtenden Augen.

„Die Kleine habe ich am Straßenrand gefunden, jämmerlich maunzend, die konnte ich da nicht einfach sitzen lassen", erklärte er der staunenden Maike und mir. Natürlich hat meine liebe Katzenmama gleich einen sauberen Napf aus dem Schrank geholt und mit etwas frischem Nassfutter gefüllt. David hat die Kleine davor gesetzt, und schon hörten wir begeistert ihr lautes, zufriedenes Schmatzen. Maike und David haben beschlossen, die Kleine zu behalten. Sie wollen nachher gleich mit ihr zum Tierarzt, damit der feststellen kann, ob sie auch gesund ist. Daran hege ich aber keinen Zweifel, so flott wie sie ihr neues Zuhause erkundet. Ich muss ihr unbedingt bald alle meine Spielzeuge zeigen, und eines meiner Bettchen trete ich ihr auch gern ab.

Bleibt nur noch die Frage, wie soll der Familienzuwachs heißen?
Deshalb hat Brigitta, die sich diese Geschichte ausgedacht hat, im Internet einen Aufruf

gestartet, und die Leute aus den Katzenclubs gebeten, ihr bei der Auswahl des Namens zu helfen. Netterweise haben ganz viele mitgemacht und deshalb ist ihr die Entscheidung nicht leicht gefallen, aber jetzt steht es fest: Meine kleine Katzenschwester soll **Missy** heißen. Damit bin ich auch sehr zufrieden, weil es lieb klingt und sich gut rufen, beziehungsweise für mich gut miauen lässt.

An dieser Stelle ein herzliches Dankeschön von Brigitta, Manfred und Jonny an alle, die sich an dieser Aktion beteiligt haben!

Anonymus

Meinen Namen wollt Ihr wissen? Tut mir leid, den kann ich nicht verraten, nicht einmal Euch, dazu habe ich immer noch viel zu viel Angst! Außerdem hat der schon einige Male gewechselt, so habe ich mir eine Zeitlang nicht einmal die Mühe gemacht, mir zu merken, wie ich jeweils für ein paar Tage, gerufen worden bin. Das hört sich für Euch ganz bestimmt ziemlich schräg an, ist aber leider die traurige Wahrheit. Ich bin nämlich ziemlich skrupellosen Leuten in die Fänge geraten, die mich schon einige Male an verschiedene Menschen verkauft haben, und danach haben sie mich ihm oder ihr wieder weggenommen. Haben einfach behauptet, sie hätten nicht genug Geld für mich bekommen, und angeblich haben sie mich deshalb wieder zurück geholt. Aber überall habe ich es besser gehabt, als hier, wo ich nur als Mittel zum Zweck dienen musste. Womit habe ich das verdient, und vor allem, was würde in einigen Monaten sein, wenn ich kein niedlicher, junger Hund mehr war, das habe ich mich oft gefragt.

Meine erste gute Erinnerung habe ich an eine Familie, bei der ich leider nur ein paar Wochen bleiben durfte. Da gab es Frauchen, Herrchen und zwei nette Kinder. Es war ein großes Haus mit einem schönen Garten, in dem wir zu der

Zeit gewohnt haben. Alle waren richtig lieb zu mir, und ich fing gerade an, mich an sie zu gewöhnen. Aber dann war ich einen Moment lang allein im Garten, weil drinnen das Telefon läutete, und Frauchen hineingehen musste um zu hören wer da was von ihr wollte. Diesen unbewachten Augenblick hat der böse Mann genutzt, ist schnell durch das Gartentor herein gekommen, hat sich mich unter dem Arm geklemmt und ist los gelaufen. Natürlich habe ich gewinselt und zu bellen versucht, aber das ging alles so schnell, das konnte mein Frauchen gar nicht mitbekommen. Bestimmt haben alle gedacht, ich wäre ausgerissen, aber das hätte ich niemals getan. Dort ging es mir doch prima!

Dann brachte mich der Mann zurück in das alte Haus, in dem ich schon vorher mit meh anderen Hunden im Stall eingesperrt war. Da war es ziemlich dunkel, weil es nur ein kleines Fenster gab. Zu fressen bekamen wir auch nicht viel. Nur frisches Wasser, das haben wir regelmäßig erhalten. Nach draußen durften wir auch nicht, sicher weil uns sonst womöglich doch noch jemand gesehen oder gehört hätte, obwohl das Haus ziemlich abgelegen war. Irgendwelche Besucher kamen nie hierher, aber fast jeden Tag wurde einer von uns fortgebracht, und die meisten waren kurze Zeit später wieder hier. Einige sind sogar mehrfach weggegangen und wieder hergekommen. Das war wirklich ziemlich traurig.

Mein zweites Frauchen war eine ältere Dame, bei ihr war ich nur einige Tage. Sie hatte mich zum Friedhof mitgenommen, um da das Grab ihres verstorbenen Mannes zu pflegen. Sie war sehr einsam, deshalb hat sie mich zu sich geholt. Ich mochte sie auch und wäre gern bei ihr geblieben. Da kam der böse Kerl und hat ihr meine Leine einfach aus der Hand gerissen. Und als sie sich wehren und mich festhalten wollte, da hat er sie zu Boden gestoßen und ist mit mir weggerannt. Auch da hat mein Protest nichts genützt. Dieses Mal habe ich sogar versucht ihn zu beißen, aber das hat leider nicht geklappt. Ob mein Frauchen verletzt war? Eigentlich hätte ich sie ja beschützen müssen. -

Wieder wurde ich in dem schmutzigen Stall eingesperrt und kam wenig später woanders hin. Dieses Mal zu einem jungen Mann und seiner Freundin. Die haben sich sehr um mich bemüht, sind mit mir Gassi gegangen und in den Stadtpark zum Spielen. Bis dann eines Tages der böse Mann wieder im Park aufgetaucht ist. Ich habe ihn gleich erkannt und angefangen zu bellen. Aber Herrchen wusste ja nicht warum. Als der Mann ihn dann um Feuer gebeten hat und Herrchen sein Feuerzeug hervorkramte, da hat er den Moment ausgenutzt um nach mir zu greifen. Herrchen war so perplex, dass er einen Moment gebraucht hat, um die Situation zu erfassen. Seine Freundin, die ist clever und hat gleich geschnallt, das da etwas faul war. Sie hat mich ganz mitleidig gefragt: „Hey, mein Kleiner, was hast Du denn, warum bist Du so aufgeregt?" „Ich wollte ihn doch nur streicheln", hat sich der doofe Kerl auch noch verteidigt. Aber ich wusste es besser und habe deshalb gar nicht aufgehört zu bellen, solange bis er endlich abgezogen ist. Auch danach konnte ich mich nur schwer beruhigen.

Am nächsten Tag waren Herrchen und ich noch mal allein im Stadtpark. Er geht da gern joggen, und dann darf ich mit. Plötzlich tauchte dieser blöde Kerl wieder auf, hat Herrchen einfach von hinten überrumpelt, mich geschnappt und ist schon wieder mit mir los gerannt. Ich habe wie wild gekläfft, um die anderen Leute auf uns aufmerksam zu machen. Mein Herrchen kann wirklich schnell laufen, damit hatte der böse Mann bestimmt nicht gerechnet, und so hat Herrchen uns tatsächlich eingeholt und ihm eins auf die Nase gehauen. Das hatte der Blödmann wirklich verdient! Einer der anderen Besucher, die im Park waren, zückte sofort sein Handy und hat damit die Polizei gerufen. Bis die ankam, haben er und ein weiterer Mann Herrchen dann geholfen, den Bösewicht festzuhalten. Zwei

Polizisten haben ihn dann in ihre Mitte genommen und abgeführt. Die Leute, die uns geholfen hatten, haben dazu Beifall geklatscht, und mein Herrchen hat gesagt, dass er hofft, dass der böse Mann eine saftige Strafe dafür kriegt was er mir und den anderen Hunden angetan hat. Tiere darf der nicht mehr haben, jedenfalls, wenn es nach uns geht!

Seitdem lebe ich hier bei meinem Herrchen und seiner Freundin, und es geht mir gut; aber etwas Angst habe ich immer noch, vor allem Fremden gegenüber bin ich misstrauisch geblieben. Ist ja auch kein Wunder, oder? Herrchen meint, das wird sich mit der Zeit geben. Zum Glück haben die viel Geduld mit mir. Na, mal sehen ob er recht behält. -

Wie die anderen Geschichten in diesem Buch ist auch diese ausgedacht, allerdings hat sie leider einen wahren Hintergrund. Deshalb möchte ich Sie, liebe Leserinnen und Leser, eindringlich warnen und auch darum bitten, sich nicht auf fragwürdige Angebote im Internet oder dubiose Zeitungsannoncen einzulassen, sondern gut zu prüfen, ob es sich wirklich um einen seriösen Züchter handelt oder nicht. Es werden leider immer noch zu viele Welpen illegal verkauft, die zudem auch oft unter den allerschlimmsten Bedingungen aufwachsen müssen.

Rocco

Jetzt verbindet mich mit Jesse eine innige Freundschaft. Das war nicht immer so, denn ich bin ein Wildpferd, und auch, wen ich es letztlich zugelassen habe, dass er mich zähmen konnte, im Herzen werde ich immer wild und frei bleiben! Außer Jesse werde ich niemals einem anderen Menschen erlauben, sich auf meinen Rücken zu schwingen. Seine Familie besitzt hier in Nevada eine große Ranch, mit vielen Rindern, Schafen und anderen Tieren. Natürlich gibt es hier auch viele Pferde. Manche helfen den Farmern bei der Arbeit auf dem Feld, andere sind nur zum Reiten da. Wir sind ihre Gefährten und Freunde. Hier, so weit draußen, müssen sich Mensch und Tier bedingungslos aufeinander verlassen können; das war schon immer so und das wird sicher auch weiterhin so bleiben.

Geboren bin ich in der Wildnis, und meine ersten Lebensjahre habe ich in der Prärie mit einer ganzen Herde verbracht, das war eine schöne, unbeschwerte Zeit! Bis dann die fremden Männer kamen, weil sie einige von uns einfangen wollten, unter anderem auch mich. Ich habe es ihnen nicht leicht gemacht, habe Haken geschlagen, und mit allen Mitteln versucht ihnen zu entkommen, aber das hat nichts genutzt. Am Ende war doch einer der Fremden schneller, und

er hat mich mit seinem Lasso eingefangen. So
bin ich hierher auf die Ranch gekommen.

Die Cowboys haben uns alle zunächst auf eine große Koppel gebracht, dort haben wir erst mal eine große Portion Heu bekommen. Ob sie uns damit wohl bestechen wollten? Natürlich hatten wir alle Hunger, deshalb habe ich, wie alle anderen, doch etwas davon gefressen. Erschöpft waren wir ebenfalls von dem Kampf um unsere Freiheit und traurig, weil wir ihn trotz aller Gegenwehr verloren hatten. Später habe ich Jesse zum ersten Mal gesehen. Er kam mit seinen Eltern um zu schauen, wie viele Pferde die Männer mitgebracht hatten.

„Oh Pa, da hinten, der sandfarbene Hengst mit der schwarzen Mähne und dem langen Schweif, das ist ein hübscher Kerl! Den möchte ich gern haben, erlaubst Du es?", hat er gefragt.

„Ach Jesse, ausgerechnet den, das ist ein ganz Wilder, ob wir den zahm kriegen, das möchte ich schwer bezweifeln", gab sein Vater zurück. Und seine Ma war auch nicht gerade begeistert. Stattdessen versuchte sie Jesse lieber den dunkelbraunen Hengst, mit der hellen Blesse, der neben mir stand, schmackhaft zu machen.

„Das ist doch auch ein hübsches Tier, nicht wahr?", fragte sie.

„Doch schon", gab Jesse ihr recht, „aber ich möchte trotzdem den anderen Hengst, bitte Pa, lass es mich wenigstens versuchen!", bettelte er weiter.

Er schien wild entschlossen mich zu zähmen,

und ich war damals genau so sicher, dass ich ihm das nie erlauben würde - niemals!

Am nächsten Tag holten die Cowboys einige von uns in einen anderen Pferch, um da zu versuchen, sie zuzureiten. Das schien ihnen sogar richtig Spaß zu machen, obwohl einer nach dem anderen erst mal einige Male recht unsanft in den Sand flog. Manche sogar recht oft, aber sie waren einfach nicht abzuschütteln, sondern versuchten es immer wieder und wieder. Es waren wirklich harte Jungs darunter. Jesse´s Pa hatte sie angewiesen, mich erst mal in Ruhe zu lassen, weil er sich selbst, und nur mit Jesse zusammen, um mich kümmern wollte.

Also blieb ich vorläufig allein zurück und fühlte mich ziemlich einsam. Doch dann kam Jesse zu mir, und lehnte sich über den Zaun. Er sah mich lange an, ohne auch nur ein Wort zu sagen, und ich tat so, als würde ich ihn gar nicht bemerken, diesen schlaksigen Jungen, mit den dunklen Locken. Schließlich hörte ich ihn leise sagen: „Rocco, das ist der Name, den ich für Dich ausgesucht habe, wie gefällt er Dir?" Dann redete er weiter. Er erzählte mir, dass er mich so gern zum Freund hätte und versprach, mich immer gut zu behandeln. Er würde niemals versuchen meinen Willen zu brechen und mich immer respektieren. Wir würden die schönsten

Abenteuer miteinander erleben, und durch dick und dünn zusammen gehen, wenn ich nur damit einverstanden wäre. Irgendwann konnte ich nicht anders als meine Ohren doch zu spitzen und ihm zuzuhören, wie er sich unsere gemeinsame Zukunft ausmalte. Seine sanfte Stimme gefiel mir, obwohl ich anfangs nicht viel verstanden habe von dem was er mir gesagt hat. Aber er wollte mir gewiss nichts Böses, das habe ich sofort gespürt.

Am nächsten Tag kam er wieder zurück, setzte sich auf den Zaun und sprach mit mir. Schließlich glitt er herunter und kam ein Stück näher, aber ich bin erst mal zurück gewichen. Das ging mir alles zu schnell, so leicht wollte ich es ihm denn doch nicht machen. Er hat das verstanden, und weiter eine Zeitlang ganz ruhig auf mich eingesprochen, bevor er wieder gegangen ist. Am Tag darauf habe ich ihn ein kleines Stück näher kommen lassen, bevor er sich verabschiedet hat. Am nächsten Tag habe ich ihn noch ein wenig näher an mich herankommen lassen. So hat er nach und nach doch mein Herz erobert. Er hat mich nie gedrängt und ganz viel Geduld mit mir gehabt. Das hat sogar seinen Pa beeindruckt, der fast immer in der Nähe war und aufgepasst hat.
„Das hätte ich unserem Wildfang gar nicht zugetraut, dass er sich so viel Zeit nimmt für

seinen neuen Hengst", hat seine Ma gestaunt. Aber sie verstand auch, dass ich Jesse das wert war. Kurz und gut, irgendwann hat Jesse es doch geschafft mich zu zähmen. Ich habe es ihm wahrhaftig nicht leicht gemacht, aber er hat nie aufgegeben und mir auch nie seinen Willen aufgezwungen, genau so wie er es versprochen hatte. Das hat mir am Ende doch imponiert. Inzwischen sind wir beide die allerbesten Freunde geworden die man sich nur denken kann! Ich liebe und verstehe ihn, und er mich genauso. Er wird mich niemals allein lassen, und was auch passiert für mich da sein, das weiß ich.

So war es auch, als ich mir den rostigen Nagel in den Huf getreten hatte. Die Wunde hatte sich entzündet, und. dadurch habe ich hohes Fieber bekommen. Jesse hat mich tagelang gepflegt und wieder auf die Hufe gebracht. Er hat sogar neben mir im Stall geschlafen, solange es nötig war. Im Haus, in seinem gemütlichen Zimmer im Bett, hätte er es ganz sicher viel bequemer gehabt. Aber er war sehr besorgt um mich, hat mir mehrfach in der Nacht kalte Umschläge aufgelegt und mir geholfen, so gut er nur konnte. Dafür bin ich ihm wirklich dankbar!

Wir sind unzertrennlich, ob nach der Schule, bei der Arbeit oder wenn wir in die Stadt reiten. Auch an dem Wochentag, den die Menschen

Sonntag nennen. Dann reiten wir zwei oft nur zum Spaß aus, und Jesse zeigt mir seine Lieblingsplätze auf der Ranch. Am schönsten finden wir beide es am Ufer des großen, klaren Sees, dort am Rande der Berge. Da ist es so schön ruhig, und man kann die Vögel zwitschern hören, den Libellen zuschauen, die auf dem Wasser spielen, und ab und zu kommt es vor, dass Jesse sogar ins Wasser springt, um sich zu erfrischen.

Wild und frei zu sein, das habe ich sehr genossen, aber Jesse zum Freund zu haben, das ist auch eine feine Sache!

Lulu

Die Zwillinge Mirka und Lennart freuten sich auf den Klassenausflug. Wie alle anderen Kinder standen sie am Morgen aufgeregt auf dem großen Parkplatz vor ihrer Schule und warteten auf den Bus. Die Lehrerin, Frau Henning, hatte Mühe ihre Rasselbande zur Ruhe zu bringen. Nur gut, dass sich einige Mütter bereit erklärt hatten, an diesem Ausflug teilzunehmen. Es sollte zum Martinsmarkt in die Kreisstadt gehen. Endlich rollte der bestellte Bus auf den Platz, und alle Kinder drängten zur Tür, um die begehrtesten Plätze für sich zu reservieren. Nachdem alle einen Sitzplatz gefunden hatten, konnten sie starten. Kaum war der Reisebus losgefahren, griff Frau Henning zum Mikrophon, um die Anweisungen, die sie den Schülern schon am Tag zuvor gegeben hatte, noch einmal zu wiederholen. Dann teilte sie die Gruppen ein, so dass jedes Kind wusste, mit welcher Mutter es über den Markt gehen würde. Lennart, Mirka, Jana und Timo durften mit Frau Henning selbst die Stände anschauen. Etwa eine Stunde später waren sie am Ziel. Noch einmal die Ermahnung an alle, in der Nähe der Erwachsenen zu bleiben, und dann durften sie ausschwärmen.

Auf der großen Festwiese am Fluss, vor den Toren der Stadt, waren viele, bunte Stände aufgebaut. Natürlich gab es dort bereits viele weihnachtliche Leckereien wie Lebkuchen, Waffeln und etliches mehr, und überall duftete es nach dem Tannengrün, mit dem die meisten Stände geschmückt waren. Ein Karussell drehte sich, und mehrere Händler boten auch hübsche, kunsthandwerkliche Dinge an. Eigentlich hatten die Zwillinge vor, hier für ihre Mutter ein Weihnachtsgeschenk zu kaufen, so wie zum Beispiel einen der schönen, handgetöpferten Teebecher mit ihrem Namen, so hatte Mirka vorgeschlagen.

„Ach, lass uns doch erst mal alles ansehen, bevor wir uns entscheiden", schlug Lennart vor, und seine Schwester stimmte ihm zu. Also zog die kleine Gruppe erst mal weiter.

„Es gibt hier auch einen kleinen Viehmarkt, wollt Ihr Euch da auch umschauen?", fragte Frau Henning.

„Oh ja, bitte", rief Jana begeistert. Sie war eine große Tierfreundin, und zuhause wartete ihre Hündin Hexe auf sie.

„Klar, auf jeden Fall", meinte auch Timo.

Die Zwillinge wollten die kleinen Tiere natürlich auch gern anschauen, also marschierten sie zunächst dorthin. Es gab mehrere kleine Hunde, zwei Ponys, einen Pferch, in dem sich Kaninchen tummelten und etliche Hühner verschiedener Rassen konnte man auch kaufen. Ganz am Ende des Platzes, etwas abseits, stand ein Käfig, in dem eine einzelne Gans saß. Die erregte sofort Lennarts Aufmerksamkeit.

„Schaut mal, sie hat so große, ängstliche Augen!", meinte er.

„Kein Wunder, so allein in einem engen Käfig zu sitzen, das ist bestimmt kein Spaß!", antwortete Jana mitfühlend. Direkt daneben stand ein Mann, der Lose verkaufte.

„Wollt ihr welche kaufen? Die Gans ist der Hauptgewinn! Dann könnt Ihr Euch bald über einen leckeren Gänsebraten freuen", erklärte er den entsetzten Kindern. Sofort wurden Mirka und Jana ganz blass.

„Nein, das geht doch nicht!", empörte sich auch Timo, und Lennart nestelte sofort sein Taschengeld, das er für den Besuch des Martinsmarktes bekommen hatte, aus seiner Hosentasche. Dann entschied er: „Mama´s Weihnachtsgeschenk muss warten, ich kaufe lieber Lose!"

Frau Henning tat das offenbar jetzt schon verängstigte Tier ebenfalls sehr leid, aber sie ahnte, dass die Eltern der Zwillinge bestimmt nicht begeistert sein würden, wenn sie mit einer lebendigen Gans nach Hause kommen sollten. Also versuchte sie den Kindern ihr Vorhaben auszureden, aber da war absolut nichts mehr zu machen, denn alle Kinder, außer Lennart, standen nun vor der Gans und versprachen ihr das Leben zu retten. Es war rührend, und noch ehe sie einschreiten konnte, hatte Lennart dem Losverkäufer bereits seinen Fünf-Euro-Schein gegeben und zog ein Los nach dem anderen aus dessen Körbchen. Er gewann eine Tafel Schokolade, eine Tüte voll Waffeln und auch Seifenblasen, die restlichen Lose erwiesen sich als Nieten.

„Das ist Pech, aber noch mehr Geld gibst Du jetzt nicht aus, Lennart", befahl Frau Henning in ungewohnt strengem Ton.

„Aber ich muss doch die Gans retten!", beharrte der Junge auf seinem Vorhaben. Auch Mirka, Timo und Jana hatten inzwischen mehrere Lose gekauft und einige Kleinigkeiten gewonnen, aber auch hier war der Hauptgewinn natürlich nicht dabei.

Traurig sahen die Kinder sich an.

„Hören Sie, jetzt ist aber Schluss damit, dass Sie meinen Schülern das Geld aus der Tasche ziehen!", beschimpfte Frau Henning den Mann. Mirka hatte inzwischen ganz leise zu weinen begonnen, und Jana verzog ebenfalls ihr Gesicht und schluchzte mit.

„Wir haben ihr doch schon einen Namen gegeben – sie soll Lulu heißen und nicht gebraten werden!", stammelte sie unter Tränen, und die Jungen nickten dazu. Währenddessen verfolgte die Gans weiterhin aufmerksam mit großen, angstvollen Augen das Geschehen, und ab und zu schnatterte sie leise. Man konnte fast den Eindruck gewinnen, dass sie wusste, dass sich in diesem Augenblick ihr weiteres Schicksal entscheiden würde. Dem Losverkäufer wurde die Situation langsam ungemütlich. Er sah in vier, nein, mit der Lehrerin waren es fünf, entsetzte Augenpaare, die ihn flehentlich fixierten. Schließlich gab er sich einen Ruck.

„Na gut, ich kann noch eine andere Gans vom Bauern holen – nehmt sie in Gottes Namen mit, aber gleich, ehe ich es mir anders überlege!", brummte er, und sogar Frau Henning ertappte sich in dem Augenblick dabei, wie sich eine kleine Träne in ihre Augen stahl. Sofort versiegten die Tränen der Mädchen, und auch die beiden Jungen brachen in lauten Jubel aus.

„Dankeschön, vielen, vielen Dank!", brachte Lennart noch mit Mühe heraus, bevor er sich den Käfig mit Lulu schnappte.

„Hoffentlich ist unser Busfahrer in der Nähe, dann können wir die Gans bei ihm lassen. Wir können sie doch schlecht über den ganzen Markt mitschleppen", sorgte sich Frau Henning, als sie zum Bus zurück gingen. Sie hatten Glück, Herr Brandt war auf dem Parkplatz. Er war sichtlich erstaunt über diesen zusätzlichen Fahrgast, versprach aber für Lulu noch ein Plätzchen zu finden, nachdem er von den Kindern die Geschichte ihrer Rettung gehört hatte.

„So, jetzt wollen wir uns aber die anderen Stände

wenigstens noch kurz anschauen", bestimmte Frau Henning.

„Was Mama und Papa wohl dazu sagen werden, wenn wir Lulu mitbringen?" überlegte Mirka - nun doch etwas bang.

„Ach, die sind doch tierlieb und werden sich bestimmt freuen", beruhigte ihr Bruder sie. Als die Kinder zwei Stunden später alle wieder im Bus saßen, Lulu´s Käfig hatte im Gepäckraum einen Platz gefunden, machte die Geschichte natürlich erst mal die Runde. Selbstverständlich wollten alle Kinder Lulu gleich bewundern. Das hatte Herr Brandt allerdings voraus gesehen und sie deshalb im Gepäckraum untergebracht.

„Wenn wir zurück sind, dann könnte Ihr alle Lulu anschauen", versprach Frau Henning ihren Schülern. Danach durfte jedes Kind erzählen, was ihm auf dem Martinsmarkt am besten gefallen oder was es gekauft hatte. So verging die Rückfahrt wie im Flug, und als sie wieder an der Schule ankamen, warteten schon die Eltern um ihre Sprösslinge in Empfang zu nehmen.

Statt ihrer Eltern war die Oma von Mirka und Lennart gekommen, um sie abzuholen. Beide Enkel stürmten auf sie los und plapperten gleichzeitig, um ihr von Lulu zu berichten.

„Langsam Kinder, ich verstehe ja kein Wort!", versuchte sie die beiden zu bremsen. Sie staunte nicht schlecht, als der nette Busfahrer, Herr

Brandt, den großen Käfig mit der lebenden Gans vor ihr abstellte.

„Wir möchten unsere Lulu unbedingt behalten, Oma, Du musst uns helfen, bitte, bitte", bettelten Mirka und Lennart gleichzeitig. Währenddessen standen fast alle anderen Kinder um sie herum, um Lulu endlich kennen zu lernen. Auch ihre Klassenlehrerin war hinzugetreten und erklärte, dass sie wirklich machtlos gewesen war und diese Situation nicht hatte verhindern können. Aber unterwegs war ihr eine Lösung für das Problems eingefallen.

„Wenn Sie die Gans zuhause nicht behalten wollen oder können, dann bringen sie Lulu doch zum Laurentius-Hof. Der ist ganz in der Nähe. Das ist zwar eigentlich ein Gnadenhof für alte und kranke Tiere, aber da wird Lulu sicher unterkommen, und Ihr könnt sie bestimmt ab und zu auch da besuchen", schlug sie vor.

„Das ist eine gute Idee, ich denke, so machen wir es", stimmte Oma Erna erleichtert zu. Sie konnte ihre Enkel ja nur zu gut verstehen, und um ehrlich zu sein, sie aß auch gern Gänsebraten, aber in diesem Fall sah die Sache etwas anders aus – Lulu sollte leben, das fand sie auch!

Brigitta Rudolf

Die Autorin lebt mit ihrem Mann und Kater Jonny in einer kleinen Kurstadt am Südhang des Wiehengebirges. Nach der Pfötchen – Trilogie sollten die Tiergeschichten vorerst abgeschlossen sein, aber dann bekam sie diese wunderschönen Zeichnungen geschenkt und so ist dieses ganz besondere Buch entstanden.

Gleichzeitig hat sie ihre böse Seite entdeckt und mehrere Schmunzelkrimis geschrieben, die unter dem Titel:

„Kriminelle und andere Machenschaften" die auch in diesem Jahr erschienen sind. Demnächst sollen noch mehrere wahre Haustiergeschichten sowie Katzenmärchen herausgegeben werden. Außerdem warten auch noch zahlreiche weitere Kurzgeschichten auf ihre Veröffentlichung. Es geht also weiter…

Ragna van Felten